멸종 직전의 우리

소설을 읽는 신선하고 즐거운 재미
작가정신의 새로운 소설락小說樂 시리즈

한국 문학계에 새로운 장을 마련해온 '소설향'을 잇는 새로운 한국 소설 시리즈이다. 중견 작가의 웅숭깊은 신작에서 신진 작가의 재기발랄한 달작達作까지 아우르는 다양한 작품들로 영상 매체의 화려하고 극적인 서사를 뛰어넘는 매혹적인 이야기의 힘과 진한 감동이 담겨 있으며 독자들에게는 '소설 읽는 즐거움'을, 한국 문단에는 '신선한 재미'를 선사한다.

멸종 직전의 우리

초판 1쇄 발행일 2014년 03월 20일 | **초판 2쇄 발행일** 2014년 12월 15일
지은이 김나정 | **펴낸이** 박진숙 | **펴낸곳** 작가정신
편집 김종숙 황민지 | **디자인** 정인호
마케팅·홍보 김미숙 박성신 | **디지털 콘텐츠** 김영란 | **재무** 윤서현
인쇄 한영문화사 | **제본** 경일제책사

주소 413-120 경기도 파주시 문발로 207 2층
전화 031 955 6230 | **팩스** 031 944 2858 | **이메일** editor@jakka.co.kr
홈페이지 www.jakka.co.kr | **출판등록** 1987년 11월 14일 제1-537호

ISBN 978-89-7288-537-5 04810
     978-89-7288-415-6 (세트)

이 도서의 국립중앙도서관 출판시도서목록(CIP)은 서지정보유통지원시스템 홈페이지 (http://seoji.nl.go.kr)와 국가자료공동목록시스템(http://www.nl.go.kr/kolisnet)에서 이용하실 수 있습니다. (CIP제어번호 : CIP2014006026)

김나정 소설

멸종 직전의 우리

작가
정신

차례

멸종 직전의 우리 **006**

작품 해설 **265**

작가의 말 **285**

프롤로그

　시베리아 원주민은 매머드를 '얼음 아래 사는 쥐'라고 불렀다.

　그 거대한 쥐는 흡혈귀처럼 한밤에만 기어 나와 엄니로 무덤을 파서 시체를 뜯는다고 했다. 그것은 울음소리로 아이들을 숲으로 꾀어낸다니.

　한 아이가 사라졌다. 수색 작업은 수포로 돌아갔다. 숲에서 돌아 나온 남자들은 선술집에 둘러앉았다. 술로 차가운 몸을 덥히고, 고기로 배를 채웠다.

　"짐승이 이빨과 발톱으로 앨 갈가리 찢었을 거야."

　"뼈까지 씹어 먹었을 텐데, 어쩌라고."

숲 군데군데에 덫을 쳤다. 독약을 버무린 내장으로 배 속을 채운 토끼가 나무 그늘에 놓였다. 토끼를 뜯은 늑대가 신음하고, 늑대 눈알을 쪼아댄 까마귀는 땅에 곤두박질치고, 까마귀를 맛본 여우와 올버린이 죽었다. 숲은 시취를 뿜어냈다. 낙엽과 살이 썩고 식물과 동물은 냄새로 한 몸이었다.

사람들은 사냥꾼이 잡아온 고기를 마다했다. 사냥꾼은 고깃덩이로 묵직한 가죽 부대를 패대기쳤다.

"죽은 애야……, 아무튼 살아야지."

아이를 잃은 여자는 도끼를 들고 숲으로 들어갔다. 앞을 가로막는 겹겹의 나무에 도끼질을 하며 몸부림쳤다. 진저리치는 나무 꼭대기에서 새들이 날아올랐다. 튕겨 오른 가지는 달을 겨눴다. 도끼날을 받아먹은 나무는 흉터가 나되 쓰러지진 않았다. 숲이 사라질 때는 까마득했다. 여자는 치마를 벗어 말았다. 치맛자락에 횃불을 댔다.

바람이 불을 싣고 숲을 살라갔다. 타들어가는 숲에서 순록과 늑대, 말코손바닥사슴, 불곰과 흑곰, 스라소니가 튀어나왔다. 덫들이 틉틉, 아가리를 다물었다. 이빨을 드러내고 발버둥을 친들 발목은 끊어지지 않았다.

땅에 뿌리를 박은 나무들이 웅성거렸다. 불꽃은 나무를 감싸 하늘로 끌어당겼다. 잎사귀들은 수런수런 몸을 뒤집었다. 줄기 속 수액이 뜨거워지고, 껍질이 툭툭 터졌다. 이글거리는 나무 사이로 아이는 끝내 나타나지 않았다. 불길은 숲 바깥쪽으로 밀려나가고, 숲과 하늘의 경계가 울렁거렸다.

나무와 나무 사이, 붉은 그림자가 서 있다.

1. 한밤의 방문객

오늘 저녁엔 뭘 먹지?

하루하부의 화두였다. 생선 가게 앞에 놓인 스티로폼 상자에 다가가다 수인은 구정물을 밟았다. 물러서자 찰박, 구정물이 발자국을 채웠다. 얼음을 채운 상자에는 바다 생물들이 종류별로 누워 있었다. 사가라고 몸뚱이를 전시했다.

어물전 여자는 꽁치와 오징어, 삼치를 권했지만 수인은 골라잡지 못했다. 채근하던 여자는 거무튀튀한 물에서 희끄무레한 낙지를 끌어올렸다. 요즘 낙지가 제철이라며 떨이로 가져가라고 했다.

봉긋한 머리통이 철사에 꿰여 오밀조밀 붙은 낙지 세 마리.

수인이 머뭇대자, 여자는 가위로 철사를 끊어낸 낙지 꾸러미를 도마에 던졌다. 칼은 나무 도마에 닿을 때마다 턱턱거렸다. 발려 나온 낙지 속은 도마 아래 놓인 자주색 대야로 떨어졌다. 생선의 잘린 머리와 비늘과 끊겨나간 지느러미 위에 낙지 먹통이 얹혔다.

수인이 요리법을 묻자, 여자는 칼을 놀리며 말했다.

"거품 날 때까지 굵은 소금으로 바락바락 문질러 씻고 펄펄 끓는 물에 살짝 데쳐. 갖은 양념 하고 센 불에 야채 넣고."

손질을 끝낸 낙지 세 마리는 고작 한 줌이었다.

여자는 기둥에 걸린 비닐봉지를 한 장 잡아챘다.

"마지막엔 깨 좀 뿌려주고."

거슬러 받은 지폐에서 비린내가 났다.

수인은 '소금, 바락바락, 끓는 물, 갖은 양념, 깨'라고 중얼거리며 골목길로 들어섰다. 슈퍼 여자는 중년 사내들과 막걸리 추렴이 한참이었다.

"귤 좀……."

여자는 비틀거리며 일어나 평상 끄트머리에 앉았다. 왼발에 남자 구두, 오른발에 운동화를 질질 끌고 나온 여자는 소쿠리의 귤을 비닐봉지에 쏟아부었다. 수인은 봉지에서 한 귀퉁이가 짓무른 귤을 골라냈다. 여자는 좌판에 쌓아둔 귤 두 알을 쥐어주고 손사래를 쳤다.

보안등이 켜진 골목길은 어귀마다 어두웠다. 애잔한 노랫소리가 멀어지고, 무릎께에서 비닐봉지가 바스락거리는 소리만 남았다. 영진이네 집 초인종을 누르고 수인은 낙지 요리법을 되뇌었다.

'갖은 양념이라면 뭘 넣고 뭘 빼야 하는 걸까.'

초인종 아래 붙은 스피커에서 목소리가 들렸다.

"영진 엄마, 나야 안도."

기계음과 함께 대문이 안쪽으로 밀려 들어갔다.

현관에 들어서자 매캐한 마늘 냄새가 풍겼다.

"왔니? 늦었네."

영진이네 삼 남매는 소파에 조르르 앉아 텔레비전을 보고 있었다. 수인은 회사 일이 늦어져 미안하다고 말했다. 옆집 여자가 칼을 놀리자, 바닥에 깔아놓은 신문지 위로 마늘 꼭지가 떨어졌다.

"안돈?"

"아까 집에 갔는데."

옆집 여자는 팔뚝으로 눈 밑을 문질렀다.

"영옥아, 안도 언제쯤 갔지?"

첫째 영옥이가 조금 전이라 하니, 막내 영지가 톰방 끼어들었다.

"오빠 땜에 안도 막, 울고, 칼국수도 안 먹고."

"이게!"

영진이가 동생 영지의 입을 틀어막았다. 영지는 오빠의 머리통을 잡았다. 영진이가 발길질을 하자, 영지는 제 오빠의 팔을 잡아끌었다. 엎치락뒤치락하던 남매는 바닥으로 굴러 떨어졌다. 그릇이 뒤집어져 깐 마늘이 흩어졌고, 마늘 껍질이 풀풀 날렸다. 옆집 여자는 칼을 놓고 두 남매 사이에 끼어들어 등짝을 번갈아 후려쳤다. 영옥이는 리모컨으로 볼륨을 점점 높였다.

수인은 귤 봉지를 현관에 내려놓고 밖으로 나왔다. 드센 남매들 틈에 껴묻은 안도를 떠올렸다. 아이를 맡길 다른 집을 구해야 할지도 모른다. 한 달에 삼십만 원을 받고 저녁에만 아이를 돌봐줄 사람을 어디서 찾나.

수인은 대문을 밀고, 계단을 올랐다. 현관의 불투명유리 안쪽이 깜깜하다.

안도는 벌써 자나.

수인은 가방을 뒤져 열쇠를 꺼냈다. 열쇠를 꽂고 돌렸는데 문은 꼼짝도 안 했다. 수인은 손목에 뀈 비닐봉지를 바닥에 내려놓고 손잡이를 당겼다. 유리 문짝은 덜컹거리기만 했다. 얼굴이 달아올랐다. 숨을 고르니 부동산업자가 시범을 보였던 게 떠올랐다.

당기지 말고 밀어. 이렇게 밀어야 열린다니까.

팔꿈치로 밀자 문은 반원을 그리며 밀려 들어가고, 현관의 신발들이 안쪽으로 쓸려갔다. 전등 스위치를 올리자, 어수선한 거실이 모습을 드러냈다.

수인은 바닥에 떨어진 아이의 내복 바지와 유치원 가방을 거둬들여 소파에 올렸다. 비닐봉지를 부엌 탁자에 올려두고 안도의 방으로 향했다. 아이가 깰까 봐 조심스레 문을 열었다.

어둠 저편으로 잠든 아이의 뒷모습이 어슴푸레 보였다.

저녁을 차릴 때까지 자게 놔두자.

돌아서던 수인은 문득, 멈춰섰다. 방 안에서 화장품 냄새
가 풍겼다. 이불에 감싸인 몸뚱이가 안도치곤 너무 컸다. 수
인은 벽을 더듬어 스위치를 올렸다. 안도가 아니다. 형광등
이 깜빡거렸다. 이불 위쪽으로 부숭한 파마머리가, 아래쪽으
로는 덧버선을 신은 발이 보였다. 어찌된 영문인지 알 수 없
었다. 수인은 숨을 고르고 침대 쪽으로 다가갔다. 한손을 내
밀었다 다시 접었다.

"…이봐요, 저기 이봐요."

여자가 몸을 뒤척였다. 눈을 가느스름하게 뜬 여자는 예순
이 족히 넘어 보였다. 수인은 모르는 여자였다.

"……지금 몇 시니?"

"당신 누구야, 누군데."

늙수그레한 여자는 하품으로 대답했다. 침대에서 일어나
더니 수인을 밀치고 밖으로 나갔다. 영문 모를 상황과 빈 침
대만 남았다. 수인은 침대 앞에 우뚝 서서, 생각했다.

저 여자는 누구지. 안도는 어디 있는 거지.

낯선 여자를 보고 놀란 안도는 어딘가 잽싸게 숨었을지 모

른다. 술래잡기를 하듯. 수인은 시트를 들추고 침대 밑을 들여다보았다. 아이 머리통만 한 둥근 물체가 보였다. 보라색 바탕에 노란 별이 찍힌, 바람 빠진 공이 굴러 나왔다. 손날에 묻은 먼지를 문지르며 수인은 일어나 옷장으로 향했다.

안도는 엄마를 놀래준다고 가끔 옷장에 숨어들었다. 옷걸이들이 한쪽으로 밀려나갔다. 이불을 끌어내자 쑤셔 박아둔 코끼리 인형이 굴러떨어졌다. 실밥이 풀린 단추 눈알 한쪽이 덜렁거렸다. 안도가 껴안고 자는 코끼리 인형에서 시큼한 침 냄새가 났다. 수인은 인형을 침대에 올려놓고는 밖으로 나가 안방으로 향했다.

"안도야, 조안도!"

문들이 열렸다 닫혔다. 등으로 땀이 흘러내렸다. 안방, 다용도실, 화장실에도 안도는 없다. 등 뒤에 빈방들만 남았다. 집 안 어디에도 안도는 없다.

부엌 식탁 의자에 여자가 앉아 있었다. 수인이 안도에 대해 묻자 한 손에 턱을 괴고 눈을 감았다. 정체 모를, 저 여자는 남의 집 부엌에서 저토록 태연스럽다. 수인은 더럭 겁이 났다. 다짜고짜 안도의 행방을 묻는 대신, 수인은 멀찌감치 여자를 살폈다.

투실한 몸피에 작달막한 여자는 어쩐지, 두더지를 닮았다. 모란꽃 코르사주가 달린 초록색 투피스를 걸쳐, 동창회에 가는 마나님 같기도 했다. 굵게 쌍꺼풀진 눈, 조그만 입술, 오뚝한 콧대. 젊었을 때는 제법 곱다는 소리를 들었을 이목구비였다. 화장이 들뜬 얼굴과 눈가에 자글자글한 주름, 뺨에 번진 기미, 입가에 허옇게 일어난 버짐으로 전체적으로 추레했다. 그렇다고 미친 사람 같지는 않았다. 아이에게 해코지를 할 만큼 사나워 보이지도 않았다. 그렇게 믿고 싶었다. 그럼, 저 여자는 왜 여기 있는 거지?

수인은 자기 집에 찾아든 낯선 여자를 납득하려 애썼다.

치매 노인들은 겉보기엔 멀쩡하지만 집으로 가는 길을 번번이 잃는다고 했다. 남의 집을 제집인 양 찾아든다. 담장을 걷다가 뜰로 뛰어드는 고양이처럼. 이사를 간 사실을 까먹고 전에 살던 집으로 찾아온다. 사라진 안도와 별안간 나타난 저 여자는 무관하지 않다. 하지만 저 여자를 붙들고 수소문할 여유가 없다. 집 안에 없다면 안도는 집 밖 어딘가를 헤매고 있을 거다.

수인은 부엌을 나서 현관으로 향했다. 골목을 빠져나가 슈퍼를 지나, 어물전 옆 골목을 돌면 놀이터 옆에 파출소가 있다. 아이 울음소리가 귓가에 쟁쟁했다. 신고부터 해야 한다. 수인은 코트 주머니에서 휴대폰을 꺼냈다. 떨리는 손으로 1을 두 번 눌렀다. 등 뒤에서 뻗어 나온 손이 휴대폰을 잡아챘다. 수인은 뒤돌아섰다. 여자가 뒷짐을 지고 서 있었다.

"당신, 지금 뭐……."

"궁금하지 않아? 애가 어떻게 됐는지?"

수인은 숨을 몰아쉬었다.

"우리 안도."

수인이 다가서자 여자는 혀짤배기소리로 물었다.

"안도? 안도가 누군데?"

"남자아인데, 나이는 여섯 살이고 키는……."

여자가 키득거렸다.

"알아."

수인은 입을 다물었다.

"우리 안도 어디 있어?"

"너한테 안도는 어떤 아인데?"

여자는 스무고개의 다음 힌트를 기다리는 아이처럼 보였다.

"지금, 뭐하자는 수작이야!"

수인은 왈칵 울음이 터질 것 같았다. 더 이상 여자와 실랑이할 시간이 없었다. 수인은 잰걸음으로 현관으로 향했다. 여자가 쫓아와 수인의 어깨를 잡았다.

"미친년아, 이거 놔. 놓으라고."

수인은 여자를 떨어내고 슬리퍼에 발을 밀어 넣었다. 현관문을 밀고 나가려는데, 등 뒤에서 여자의 목소리가 들렸다.

"그냥 가버리면, 안도는 어쩌자는 걸까?"

수인은 돌아서 여자를 마주보았다.

"당신 지금 뭐라고 그랬어."

수인은 슬리퍼를 신은 발로 마루로 올라갔다. 다리가 후들후들 떨렸다.

"똑바로 말해봐. 안도가 어쨌는데."

"그거야 니가 알지. 니가 엄마잖아."

수인은 여자에게 다가섰다. 여차하면 멱살이라도 잡을 요량이었다. 손을 뻗어도 여자는 피하지 않았다. 수인은 여자의 가슴팍에 붙은 헝겊 꽃을 잡아 뜯었다.

"알면 말해. 안도 어디 있는데."

여자의 시선이 수인이 쥐고 있는 모란꽃으로 향했다.

"……우리 아인?내 딸…… 어디 있는지 말해주면……."

"왜 그걸 나한테, 헛소리 좀 제발……."

수인은 헝겊 꽃을 바닥에 던졌다.

"우리, 나림이를 벌써 잊어버린 거야?"

수인은 여자를 물끄러미 바라보았다.

구겨진 모란꽃은 휴지 뭉치 같았다. 여자는 바닥에 떨어진 헝겊 꽃을 집어 들었다.

나림. 이나림.

수인의 머릿속에 매달린 물방울이 점점 커졌다. 천천히 떨어져 파문이 일었다. 동심원을 이루며 피아노 소리가 울려 퍼졌다. 파, 레, 라, 솔.

수인은 여자를 바라보았다. 누군가의 얼굴이 겹쳐졌다. 흑백 화면에 색깔이 스며들었다.

"오래간만이네, 김선주."

수인은 자신의 이름을 기억하는 여자를 바라보았다. 김선주는 몇십 년 전에 버린 이름이다. 한국에 돌아왔을 때도 그 이름을 기억할 만한 사람들을 피해 다녔다. 지나가는 바람이 창문을 흔들었다. 수인은 여자가 누군지 비로소 알아챘다. 여자는 수인을 남겨두고 혼자 부엌으로 향했다.

수인은 멍한 눈길로, 창밖에서 흔들리는 나뭇가지를 바라보았다.

그때 여자는 한 손으로 수인의 멱살을 잡고 다른 손으로 뺨을 후려갈겼다. 아무도 말리지 않았다. 머리채를 잡고 울부짖었다. 아무도 말릴 수 없었다. 수인조차 그런 자신을 그저 지켜보기만 했다. 아프지 않았다. 늪이 쇠구슬을 집어삼켰다. 소리들도 사라졌다. 단지, 먹먹했다. 제풀에 지친 여자는 무너져내려, 수인의 발아래서 통곡했다. 수인은 무심한 눈으로 여자를 내려다보았다. 죄송하다고, 잘못했다고 말해. 이것아. 어머니는 등을 밀며 재촉했다. 수인은 외국어 교본을 읽듯 또박또박 말했다. 죄송합니다, 잘못했습니다.

여자는 이제 와 어쩌자는 걸까. 수인은 마른세수를 했다. 안도의 얼굴이 떠올랐다. 안도를, 어떻게든 안도만큼은 지켜야 한다.

여자는 주전자에 물을 받고 있었다. 물줄기가 주전자 바닥을 텅텅 울렸다.

"일단 차부터 한 잔 마시자."

수인은 수도꼭지를 돌려 잠갔다.

"아이는 어쨌어요?"

여자는 수인을 밀치고 물을 다시 틀었다. 두 사람의 실랑이에 물이 사방으로 튀었다. 수인의 코트 앞자락이 젖어들었다. 여자는 주전자를 들고 가스레인지로 향했다. 가스 밸브를 열고 점화 스위치를 돌렸다. 탁탁, 소리만 나고 불꽃은 올라오지 않았다. 희미하게 가스 냄새가 났다.

"궁상은. 웬만하면 바꿔. 끼니때마다 속 터져 살겠니?"

여자가 투덜거리며 점화 스위치를 돌려대자, 왕관 모양의 불꽃이 자리를 잡았다.

"잔은 어디 뒀어?"

"어머니……."

여자는 수인의 말에 대꾸하는 대신 찬장 문을 열었다.

"손님 오면 쓰는 찻잔, 그런 거 없니?"

여자는 발돋움을 하더니, 찬장 구석에서 상자를 끌어냈다.

"이 먼지 좀 봐라. 이래서 애나 제대로 키우겠어?"

수인은 식탁 아래 무릎을 꿇었다.

"어머니, 안도를 돌려주세요. 어머니, 안도는."

여자가 수인의 말을 중간에서 잘랐다.

"어머니! 어머니라고 부르지 마. 내가 왜 네 어머닌데."

수인은 여자의 눈길을 피해 고개를 돌렸다. 어떤 말이든
해야 하는데 무슨 말을 해야 할지 엄두가 나지 않았다.

불꽃이 주전자 바닥의 물기를 탁탁, 말리는 소리가 들
렸다.

"커피나 꺼내 와봐."

수인은 비틀거리며 일어섰다. 개수대 문짝에 부엌칼들이
크기별로 꽂혀 있다. 여자의 목에 칼을 들이대서라도 아이를
내놓으라고 해야 할지도 모른다. 수인은 고개를 저었다. 최
후의, 극단적인 방법이다. 차라리 도움을 청하는 게 나을는
지도.

수인은 부엌을 나섰다.

"어디 가, 커피 좀 내놓으라는데."

"제가 뭘 어떻게 해야……."

"차나 마시며 얘기나 하자는 거야."

"무슨 얘길……."

주전자가 미친 듯이 휘파람을 불어댔다. 여자는 수인을 세워두고 급히 부엌으로 돌아갔다. 수인은 현관으로 향했다. 안도의 운동화가 보이지 않는다. 골목길을 헤매는 안도가 떠올랐다. 안도는 미아 방지 목걸이를 걸고 다닌다. 누군가 보면 연락을 해줄지 모른다. 그러나 휴대폰은 여자가 가져갔다. 안도는 어딘가에 갇혀 있을지도 모른다. 어쩌면.

수인은 부엌으로 돌아가 주전자를 든 여자의 앞을 가로막았다.

"조심조심, 물, 팔팔 끓었어."

여자가 주전자를 기울이자 뜨거운 물이 모노륨 장판으로 떨어졌다. 물 자국에서 김이 피어올랐다. 수인은 뜨거운 물이 튄 발등을 감싸 쥐었다.

"거봐라, 조심하랬잖아."

여자는 혀를 끌끌 차면서, 식탁에 나란히 놓인 꽃무늬 찻잔에 물을 나눠 따랐다. 수인은 절룩거리며 여자 곁에 섰다.

"도대체 나한테 뭘 원하는 건데요?"

"커핀 이거뿐이니?"

여자는 커피 병을 흔들며 물었다.

"돈 때문인가요?"

여자는 의자에 앉아 수저로 딱딱하게 굳은 커피덩이를 긁어냈다.

"돈 좋지. 그래, 얼말 줄 건데."

여자의 한쪽 입술이 삐죽 올라갔다.

"이 집엔 도대체 멀쩡한 게 없어. 살림이 개판이야. 커피가 된장인가, 묵혀두게?"

여자가 스푼을 휘젓자 찻잔 속의 물이 거뭇해졌다.

"얼말 드리면……"

"일 억? 일 억 어때? 설탕이랑 프림은 또 어디서 찾나."

일 억. 이 집 보증금이 천만 원. 통장에 이백삼십만 원, 지갑에는 이만사천 원. 냉동실 멸치 상자 밑에 감춰둔 비상금 십만 원에 안도의 돼지저금통에 든 동전까지 털어도 어림도 없다.

"드릴게요. 그러니까……"

"너, 돈 없잖아. 와서 앉아. 커피부터 한 잔 마시고."

"돈은 어떻게든 마련할 테니까."

"와서 앉으라니까."

"안돌 돌려달라고."

여자는 말없이 찻잔을 들어올렸다.

"차라리 이럼 어때? 그 돈 줄 테니까 안돌 나한테 넘겨."

"당신, 지금 그걸 말이라고."

여자는 커피를 한 모금 마시고는 고개를 휘휘 저었다.

"이건 정말…… 차라리 흙탕물을 마시지. 넌, 손님이 왔으면 차도 내오고 그래야지. 가정교육을 똥구멍으로 받았는지."

수인은 투덜거리는 여자의 목을 졸라서라도 안도가 어디 있는지 알아내고 싶었다. 하지만 섣불리 움직였다가 아이에게 해를 끼칠까 두려웠다.

"뭐해. 거기 서 있지만 말고 앉으라니까. 얘기나……."

수인이 여자의 말을 자르고 들어갔다.

"나는 당신과 할 말이 없어."

여자는 수인을 물끄러미 올려다보았다.

"나는 너랑 할 얘기 많은데."

"안도는 그냥 어린애예요, 그 일과 아무 상관없으니까. 제발."

"상관이 없긴. 네 애잖아."

허공을 밟은 듯, 맥이 풀렸다. 여자가 앙갚음을 하겠다고 안도를 데려갔다면 어떻게 해야 할까. 눈에는 눈, 이에는 이라며 해코지하면 어떻게 하나. 수인은 고개를 조아렸다. 캄캄한 곳에 갇혀 있을지도 모를 안도를 생각하니 숨이 막혔다.

"어머니…… 죄송해요. 제가…….”

"그놈의 죄송 죄송, 넌더리 난다. 잘못했어요, 것도 신물나. 버스에서 발 밟아도 하는 소리야. 하나 마나 한 말 듣자고 여기까지 찾아온 거 아니야. 그리고 어머니란 말 하지 말랬지."

눈물이 뺨을 타고 목으로 흘러내렸다.

"질질 짜긴 왜 짜는 건데. 누가 죽기라도 했어?"

"……."

"코트 좀 벗어. 갑갑해 보이니까."

여자를 넘어뜨리고 목을 졸라서라도 안도를 되찾아야 할지도 모른다. 죽이겠다고 을러대서라도 아이를 돌려받아야 한다. 그러나 그런 방법으로 안도가 돌아올 수 있을까.

"안도는, 안도는 무사한 거죠."

"코트부터 벗으라니까."

여자는 의자 등받이에 몸을 기댔다.

"목소리라도 들려주시면……."

"넌 내 말을 귓등으로 듣는데, 내가 왜 네 말을 들어줘야 하는데?"

"저는……."

"얘기가 길어질 테니까, 편안한 옷으로 갈아입고 와."

"어머니, 안도는……."

"어머니, 어머니 하지 말라니까!"

지나가던 바람에 거실 창문이 덜컹거렸다. 수인은 떨리는 손으로 코트 단추를 끌렀다. 열 시 십 분. 의자에 앉은 여자는 커피를 홀짝거리며 창밖을 내다보고 있다. 창밖 어둠 속에서 언뜻언뜻 나무가 흔들렸다.

수인은 코트를 들고 방 안으로 들어갔다. 침대에 앉아 스타킹을 벗었다. 갈색 스타킹을 방바닥으로 뭉쳐 던졌다. 벗겨져나간 아랫도리는 후줄근했다.

지난주 뉴스에 유괴된 지 한 달 만에 사체로 발견된 아이가 나왔다. "범인은 협박 전화를 건 직후 아이를 죽였다고 합니다." 바바리코트 차림의 기자는 사체 발굴 현장 앞에 서 있고 뒤로 남색 점퍼 차림의 남자들이 삽질을 했다. 구덩이는 점점 깊어졌다. 아이 엄마는 담요를 끌어안고 구덩이에서 눈을 떼지 못했다. 흙 속에 파란 얼룩이 어른거렸다. 흰 가운을 입은 남자가 한쪽 무릎을 세우고 앉았다. 삽을 든 남자들이 물러섰다. 마스크를 쓴 범인은 고개를 틀었다. 경찰은 오열하는 아이의 엄마를 뒤로 끌어당겼다. 시트에 싸인 아이의 몸이 들것 위에 올려졌다. 모자이크 처리된 화면 밖으로 흙 묻은 손이 삐져나왔다. 주먹, 그 속을 채운 한 줌의 흙. 아이 엄마는 담요를 안고 들것을 허우적거리며 따라갔다. 발에 밟힌 후줄근한 갈색 치마가 자꾸 흘러내렸다.

밖에서 여자가 부르는 소리가 들렸다. 수인은 침대에서 일어나 화장대로 향했다. 수납함에서 손톱 손질용 줄칼을 골라내 주머니에 넣었다.

"뭐니, 옷 좀 갈아입으라니까. 됐으니까."

수인은 여자의 맞은편에 앉아 주머니에 든 줄칼을 만지작 거렸다.

"가만있자, 무슨 얘기부터 해볼까?"

여자는 찻잔을 내려놓았다.

2. 숨은그림찾기

　남편은 보스턴백 하나를 달랑 들고 남쪽 도시로 내려갔다. 가방 부피로 봐선 잠깐 여행을 가는 사람처럼 보였다. 2박 3일 짧은 일정을 마치고 면세점에서 자잘한 기념품을 사서 돌아올 것만 같았다. 그러나 남쪽 도시에서 그는 홀로 환갑을 넘겼다.

　달포 전, 하루 매상을 정리하는데 전화벨이 울렸다.

　"권희자 씨?"

　사투리가 섞인 말투로 상대는 다짜고짜 이세왕의 처가 맞느냐고 물었다. 그렇다고 하니, 이세황 씨가 바닷가에서 시체로 발견되었다고 통보했다. 사망 원인은 심장마비, 시신은 도립 병원 영안실에 안치되어 있단다. 보호자가 와야 한다는 말에, 이혼했다고 대꾸하려다 그만뒀다. 수화기를 어깨와 뺨 사이에 끼고, 금전출납부 귀퉁이에 지역 번호를 포함한 병원 전화번호를 받아 적었다.

금전등록기에서 돈을 꺼내 핸드백에 넣고, 구석 자리 탁자에서 신문을 뒤적이는 오 실장을 불렀다. 카운터로 온 오 실장은 고개를 들이밀고 금전출납부를 내려다보았다.

"번거롭게 이러지 마시고 컴퓨털 쓰세요. 날 잡아 가르쳐 드린다니까요."

나는 금전출납부를 서랍에 넣고 자물쇠를 채웠다.

"며칠 가겔 비워야겠어."

오 실장은 호들갑을 떨며 무슨 일이 있냐고 물어댔다.

"아는 사람이 죽었어."

"아는 분요? 누구신데요? 친구분요? 아니면 친척?"

그는 내가 일가친척 없는 혈혈단신인 줄 알고 있다. 부조금을 내겠다며 지갑을 찾기에 그만두라고 했다. 대신 가게를 비우는 동안에 해야 할 일을 일러주었다. 에어컨에 커버를 씌우고, 선풍기는 창고에 넣고, 화분에 꼬박꼬박 물 주고, 아파트 현장 소장에게서 미수금을 받아 오고, 전단지 뿌릴 알바를 구하고, 하늘이 무너져도 새벽 시장에서 재료를 떼 올 것.

"나 없다고 설렁거리면 안 돼. 알아들었어?"

오 실장은 마음 푹 놓고 볼일이나 보시라며 히죽거렸다. 아무래도 미덥지 않아 일러준 대로 다시 읊어보라고 했다. 에어컨 뒤로는 걸터듬었다. 전문학교를 중퇴했단 이력은 아무래도 거짓말 같다. 키만 멀대 같고, 웃음이 헤픈 것이 당최 믿음직스럽지 않다. 소개시켜 준 곽 사장의 말에 따르면, 오 실장은 근처에 마트가 들어서서 빚더미에 오르기 전까지 시장 골목에서 제법 번듯한 그릇 가게를 운영했다고 한다. 빚까지 끌어들여 간당간당하게 위기를 넘겼는데, 설상가상으로 건너편 건어물 가게 남자의 보증을 섰다가 권리금도 못 받고 결국 가게를 넘겼다. 그 뒤론 폐인처럼 경마장과 경륜장을 오갔다고 했다. 곽 사장은 사람 하나 살리는 셈 치자며 소개해주었지만, 전임자들의 잦은 이직에 진저리를 쳤던 나는 오 실장의 절박한 상황이 마음에 들었다. 쉽사리 그만두진 못할 것이다.

"가게서 신문 고만 봐. 누가 보면 자네가 사장인 줄 알겠네. 일 없어? 천지사방에 깔렸어. 찾아봐."

"예, 예."

"코대답 말고, 얼른 움직이라니까."

택시 문이 닫혔다. 행선지를 묻는 운전수에게 기차역으로 가달라고 했다. 창밖으로 밤의 도시가 느리게 흘러갔다. 나는 좌석에 깊숙이 몸을 파묻었다. 룸미러 아래로 종이쪽지가 팔랑거린다. 소녀가 무릎을 꿇고 두 손을 모은 채 '오늘도 무사히' 지나가길 바라고 있다.

심장마비라니.

지난여름에 만났을 때만 해도 그는 멀쩡해 보였다. 장마 끝 무렵 전화를 걸어와 서울에 가니 잠깐 보자고 했다. 뜬금없었지만 마다할 이유도 없었다. 마침 만나자는 날도 가게 정기 휴일이었다.

장롱을 뒤져보니 딱히 입고 나갈 옷이 없었다. 옛날에 즐겨 입던 감색 투피스를 억지로 끌어올려 훅을 잠그니 허리둘레로 살이 두두룩 얹혔다. 숨 쉬기 거북했다. 오 실장에게 세탁소에 맡기라고 건네줬다. 한참 뒤에야 돌아온 오 실장은 웬만하면 한 벌 사 입으시라는 세탁소 여자의 말을 전했다. 치맛자락의 얼룩은 너무 오래돼 처치 곤란이고, 나달거리는 소매 끝단은 오버로크로도 감당이 안 된다는 거다.

"괘씸한 년. 지가 뭔데, 나한테 옷을 사라 마라야."

다음 날 백화점 부인복 코너에서 새 옷을 장만했다. 점원을 윽박질러 마네킹 가슴팍에 매달린 모란꽃 모양의 코르사주도 얻어냈다.

약속 장소는 기차역 근처의 호텔 커피숍이었다. 오랜만에 만난 전남편의 몰골은 추레했다. 이발소에 간 지 꽤 되었는지 염색을 하지 않은 백발이 귀를 덮었다. 소매가 해진 군용 점퍼와 물이 빠진 체크무늬 남방, 무릎이 튀어나온 바지를 입고 있었다. 옷섶의 김치 국물도 거슬렸다.

나와 살 때만 해도 그는 업계에서 수위를 다투는 홍보대행사 임원이었다. 연두색 면바지와 하늘색 남방, 줄무늬 재킷에 금색 버클이 달린 구두 등 요란스럽게 꾸미기를 즐겼던 위인이 어쩌다 이 꼴이 되었는지 모르겠다.

행여 나를 아는 사람이라도 만나면 어쩌나. 내 맞은편에 앉은 노숙자 영감탱이가 전남편이었다는 사실을 죽었다 깨

나도 알리고 싶진 않다. 다행히 오후 세 시 무렵의 호텔 커피숍은 한산했다. 나는 오렌지 주스를, 그는 뭔가 따뜻한 것을 마시고 싶다며 커피를 시켰다. 점원은 메뉴판을 안고 사라졌다. 내가 근황을 묻자 그는 바닷가 풍경과 낚시 이야기를 늘어놓았다. 낚시를 하다 보면 하루가 꿈같이 흐른다는 둥, 바다 풍경이 장관이라는 둥, 둥둥 뜬 구름 잡는 이야기만 늘어놓았다. 분명 용무가 있으니 만나자고 했을 것이다. 그러나 먼저 운을 떼기 전에는 묻지 않을 작정이었다.

슬며시 합치자는 소리를 꺼낼까 겁도 났다. 늘그막에 서로 등이나 긁어주며 살자면 어쩌지. 동물원의 늙은 원숭이들처럼 붙어 앉아, 등짝에서 이나 솎아주며 해바라기할 생각은 추호도 없다. 서로가 처치 곤란일 게 분명하다.

가게 벽에 대형 텔레비전을 걸어뒀었다. 월드컵 때문에 백화점 진열 상품을 반값에 들여놓았지만 축구가 끝나니 애물단지였다. 신발장이나 벽장처럼 가구 등속이 되었다. 틀어놔도 볼륨을 죽여놓아 보는 사람도 없다. 월드컵은 사 년마다 한 번씩 돌아오니, 재활용품 매장에 내놓지도 못한다. 그 애물단지는 다음 월드컵을 기약하며 벽에 매달려 있어야 한다.

어쩌지 못해 붙들고 있는 건, 텔레비전 하나로 족하다.

딱히 할 말이 없어 주스를 벌컥 들이켰다. 오렌지 반쪽에 물을 한 됫박을 들이부은 듯 밍밍했다. 종업원을 불러 주스 맛을 따져 묻고 엽차나 한 잔 내오라 했다. 종업원은 진홍색 입술을 움찔거렸다. 우리 가게 종업원이었다면 당장 모가지다. 강도가 스타킹을 뒤집어쓰듯 요식업소 종업원은 웃는 가면을 써야 한다. 커피 한 잔에 만이천 원이나 받아먹으면 그만큼 서비스를 해줘야 하지 않겠는가. 매니저를 불러야 겠다고 하자, 종업원은 울상을 지으며 고개를 조아렸다.

"당신, 많이 변했어."

그건 내가 할 말이다.

"몸은 괜찮아? 아픈 덴 없고?"

나는 보다시피 거뜬하다고 했다.

"다행이야. 그래, 당신 참 건강해 보여."

묵직한 아랫배가 신경 쓰였다.

나는 당신은 어떠냐고 되물었다. 그는 바다를 보면 웬만한 통증은 사라진다고 했다.

"탁 트인 걸 보면, 뭐든 다 잊어주자 싶지 않겠어?"

그는 창밖으로 시선을 던졌다. 건너편으로 맞은편 건물의 창이 내다보였다. 자기야 신선놀음을 한대도 나는 온종일 가게 일로 눈코 뜰 새 없다. 짠물 구경한 지 오래되었다고 투덜거리니 남쪽 도시로 놀러 오란다. 그러고 보면 함께 살 때, 당일치기로 용문사에 은행나무 보러 간 게 전부다.

"예전에는 당신이 바빠 못 갔는데 이젠 내가 짬이 안 나네요."

그는 가게가 그렇게 잘되냐고 물었다.

용돈이라도 얻어 쓰자는 속셈인가?

나는 잔뜩 엄살을 부렸다. 원자재값 상승과 소비 심리 불안, 광우병 파동 등 신문에서 나오는 대로 주워 넘겼다. 죽는 시늉은 내 특기다. 가게 세를 올려달라는 건물주나 만 원만 깎아달라는 손님 앞에서 나는 죽을 날짜를 받아온 노파로 돌변한다. 뱃속에 구렁이 한 마리가 똬리를 틀었다. 먹고사는 일이 만만한가. 가게를 꾸리고 어중이떠중이를 상대하며, 시난고난을 겪으니 웬만한 일에는 꿈쩍도 하지 않는다. 그래서 여태껏 살 수 있었다.

나림이가 죽고 그와 헤어지면서 내가 깨달은 바는 사람은 어떻게든 살아남는다는 것이다. 한때는 코미디를 보고 무심결에 낄낄대는 스스로가 어이없었다. 먹고살자고 수저를 든 내 손이 혐오스럽기도 했다. 그래도 꾸역꾸역 살아간다는 건 가혹한 일이었다. 그러나 다 지난 이야기다.

건물주 곽 사장은 겉보기에는 멀쩡한 중늙은이지만 월남전 때 총을 일곱 발이나 맞았단다. 심장에 바투 붙은 총알 한 발은 끝내 파내지 못했다. 그러니까 사람은 심장 옆에 총알을 박아두고도 목숨은 부지한다. 곽 사장은 손바닥으로 왼쪽 가슴을 탕탕 치며 공항 검색대에서 조마조마한 것 빼곤 앞으로 몇십 년은 끄떡없이 살 거라고 했다.

"당신이 참 고생 많구려. 미안허이."

그런 공치사나 듣자고 꺼낸 이야기가 아니었다. 누가 누구를 위로하겠단 걸까.

그는 아직 기차 시간이 남았으니 유람선이나 타러 가자고 했다. 느닷없이 유람선이라니, 촌사람이 다 된 모양이다. 하지만 그는 여태껏 흰소리만 늘어놓았다. 할 말이 무엇인지 들어야 했다.

택시에서 내린 그는 매표소에서 표를 끊어왔다. 나는 호주머니에 손을 넣고 선착장을 서성거렸다. 속이 허했다. 매점을 기웃거렸지만 주인이 자리를 비웠다. 결국 빈속으로 배에 올라탔다.

유람선은 다리 밑을 지나고, 지나고, 지나갔다. 그림자가 드리워지고, 드리워지고, 드리워졌다. 배가 밀어낸 강물이 교각에 부딪쳤다. 난간을 붙잡고 서 있던 그가 물었다.

"당신 살 만해?"

"그냥저냥."

"괜찮은 거지?"

괜찮지 않다는 대답을 듣고 싶은 건가. 괜찮지 않다면 어쩔 셈인가. 얼싸안고 함께 울기라도 바라는가. 돌멩이처럼 굴던 때는 언제고, 이제 와 내 기분을 묻는가.

나는 이제 아무렇지도 않다. 새벽 다섯 시에 시장을 가고, 아침 열 시부터 밤 열두 시까지 꼬박 계산대를 지켰다. 밤에 아무 생각도 하지 않고 잠들었다. 스무 해 남짓 그렇게 살았다. 잡념이 끼어들 여지없이 빽빽한 하루하루였다.

"좋고 말고 할 게 뭐 있담. 살아지니까 사는 거지."

나는 속 깊은 누이처럼 말했다.

"그럼 됐지. 뭘 더 바라겠어."

유람선이 철교 아래로 들어가자, 그의 얼굴은 일순 어두워졌다. 머리 위로 지하철이 철커덩철커덩 지나갔다.

유람선은 한 시간 남짓 운행했다. 기착지가 없어서 중간에 내릴 수도 없었다. 이 지루한 풍경을 배가 멈출 때까지 견뎌야 한다. 차라리 이 시간에 파를 다듬거나 세탁기에 방석 커버를 넣고 돌리는 게 나을 성싶다. 뭔가 할 말이 있으니 만나자고 했을 텐데 그는 뜸만 들인다. 상대를 머쓱하게 만드는 과묵함은 여전하다.

하긴 우리 사이에 더 이상 무슨 할 말이 남아 있나.

예전에 김선주의 집을 나서며 그는 잊자고 말했다. 계속 붙잡고 있는 건, 불타버린 집에서 쓸모 있는 세간을 고르자는 거야. 폐허를 헤맨들 건질 게 없어. 재만 뒤집어쓰지. 덤프트럭에 싣고 쓰레기 하치장에 내다버리는 게 낫지.

그는 홍보 문구를 만드는 사람답게 근사한 말을 늘어놓았다. 단언컨대, 스스로도 설득시키지 못할 공허한 말잔치에 불과했다. 나는 그저 섭섭했다. 슬픔을 나눌 상대가 쌓아올린 벽에 망연자실했다. 위로를 받고 싶은 게 아니었다. 슬픔을 나눌 동료가 필요했을 따름이었다. 그와 나는 모두 딸을 잃었지 않은가.

그의 옷깃에 붙은 실오라기가 눈에 띄었다. 손을 뻗어 떼어주고 싶었지만 주머니에서 손을 빼지 않았다.

유람선이 제자리로 돌아오고, 그와 나는 하나 마나 한 안부 인사를 주고받고 헤어졌다. 마지막으로 부쩍 늙고 상한 얼굴을 보여주고는 두 계절이 지난 후, 그는 남쪽 도시에서 홀로 죽었다.

도립 병원의 영안실은 폐점 이후의 지하상가처럼 썰렁했다. 문상객들은 모두 낯설었다. 영정사진 속의 얼굴만 낯익었다.

"상심이 크시겠습니다."

그들은 이런저런 말로 위로를 건네고 눈물도 훔쳤지만 대꾸할 말이 없었다. 사람들은 장례식장에서 판에 박힌 말을 한다. 어떤 말로도 위로할 수 없으니 뻔한 말로 침묵을 메우려 든다. 오직 김 사장이란 남자만 색다르게 굴었다.

"이런 마나님을 두고 혼자 가다니."

그는 지분거리며 술을 권했다. 자기도 홀아비라며 독수공방끼리 소주나 하자며 내 손을 잡아끌었다. 같은 낚시회에 있다는 사내 둘이 우럭같이 생긴 그 작자를 끌고 나갔다. 죽은 남편은 이런 호래자식과 호형호제하며 지냈나. 명예, 지위, 마누라까지 팽개치고 낙향하여 겨우 이런 이웃들과 너나들이하며 지냈다니 한심했다. 다행히 문상객 모두가 불한당은 아니었다.

"말씀 많이 들었습니다."

목사라는 남자는 그와 절친한 사이였다고 말했다. 그가 독실한 신자였다는 말은 미심쩍었다. 종교라면 질색했던 남자가 아니었던가. 그는 나림이가 죽은 뒤 성당과 절, 교회를 헤매 다니는 나에게 노골적으로 이죽거렸다. 그래서 마음이 편하다면 맘대로 해. 하지만 나에게 강요는 하지 마. 돈으로 사는 위안 따위에는 관심 없어. 차라리 쇼핑을 하는 편이 나아.

그랬던 사람이 어쩌다 교회에 드나들게 되었을까. 스무 해가 지났다. 갓난쟁이가 어른으로 자랄 만한 세월이다. 내가 내 나름대로 변했듯 그도 그 나름대로 바뀌었을 것이다.

어쩌면 일요일의 무료를 견디지 못했을지도 모르고. 명함을 꺼내는 목사에게 나는 이미 다니는 교회가 있다고 했다.

"따님 얘기도 들었습니다."

나는 그를 물끄러미 바라보았다.

"가족을 모두 잃으셨으니 얼마나 가슴이 아프시겠습니까."

그제야 새삼 가족이 모두 내 곁을 떠났다는 걸 깨달았다. 잠시 스스로가 애틋했다. 하지만 나는 아주 오래전부터 그렇게 살아왔다. 새삼스레 아파해도, 그들은 돌아오지 않는다. 몸에 밴 국화꽃과 향냄새는 시간이 지나자 사라졌다.

화장장을 빠져나오자 비포장도로가 이어졌다. 차가 커브를 틀 때마다 문짝에 붙은 손잡이를 움켜쥐었다. 덜컹거리던 봉고차는 국도변 식당 앞에 멈췄다. 잡고기 매운탕 냄비가 상마다 놓였다. 유골함을 탁자 아래 밀어 넣고 밥상을 받았다. 젓가락으로 쑥갓에 엉긴 생선뼈를 발랐다. 무 조각은 젓가락을 대자 뭉그러졌다.

"공수래공수거, 인생사가 의지가지 헛되다, 건배."

문상객들은 잔을 부딪쳤다. 누군가 소주 한 병을 추가

했다. 젓가락을 대자 생선살이 바스러졌다. 붉은 국물에 뜬 기름기를 보자 욕지기가 치밀었다. 나는 수저를 놓고 밖으로 나갔다. 발밑에서 자갈이 잘그락거렸다. 비닐하우스의 간이 화장실은 세워놓은 관짝 같았다. 개구리처럼 손가락을 쫙 벌려 변기를 잡고 머리를 들이밀었다. 손가락을 목구멍에 넣어도 헛구역질만 났다. 목구멍에 걸레뭉치를 쑤셔 박아놓은 것 같았다.

봉고차에서 술 냄새가 진동했다. 불콰한 얼굴의 사내들은 두런두런 죽은 남편 이야기를 했다. 이야기 속에 등장하는 남편은 내게는 낯선 사람이었다. 다정하고 호탕하고 정이 깊고 다른 사람 일이라면 발 벗고 나서는 사람이었단다. 죽은 사람에 대해서는 누구나 너그럽다. 죽은 사람에 대해서는 입을 다물 것. 흠을 잡아봤자, 탓해봤자 살아 있는 자만 욕을 먹는다. 죽음으로써 한 사람의 허물도 땅속에 묻힌다. 죽음이 선사하는 면책특권이다. 하지만 이미 죽은 사람은 어떤 말에도 더 이상 상처받지 않으니, 더 솔직히 대해줘야 하는 게 아닐까.

낚시회 사람들은 평평한 바위를 지목했다. 바로 저기에서 목격자가 죽은 남편을 발견했단다. 둘러봐도 사람이 죽어 나간 흔적은 없다. 바위틈에 소주병 하나가 꽂혀 있을 뿐이다. 소주병은 술이 들어차든 공기만 남아 있든 초록색이다. 영업이 파하면, 탁자 위아래에 놓인 빈 소주병들을 플라스틱 상자에 모았었다. 상자에 담긴 병들은 달그락거렸다.

낚시꾼은 물고기 밥이 되는 게 제격이라며 장화를 신은 남자들은 재를 한 줌씩 움켜쥐고 바다에 훌훌 뿌렸다. 울음소리가 들렸다. 누군가 자신의 죽음을 미리 떠올리곤 애처로워하나 보다. 풍향이 바뀌자 뼛가루가 되날려 왔다. 문상객들은 장갑 낀 손으로 입을 틀어막았다.

나는 바위에 앉아 그가 마주했음 직한 수평선을 바라보았다. 밋밋한 바다, 떴다 가라앉는 갈매기들, 수평선에 바짝 붙은 구름이 캘린더 그림 같다. 저 풍경 어디서 위안을 찾았다는 걸까? 깔고 앉은 울퉁불퉁한 돌에 엉덩이가 배겼다.

목요일자 스포츠 신문 26면에는 숨은그림찾기가 실린다. 손님이 뜸한 네 시쯤에는 돋보기안경을 쓰고 남자의 팔뚝에서 당근을, 당나귀 등에서 버섯을, 지붕 밑 호미를, 바위 속의 토끼를 찾아냈다. 찾아낸 것들엔 가위표를 쳤다. 이상하게도 한 가지는 끝끝내 찾질 못했다. 미간에 주름만 잡혔다. 찾으라고 만든 놀이인데, 이렇게 결사적으로 숨겨두는 심보에 부아가 치밀었다. 손님들이 몰려들면 신문을 접어 카운터 밑에 밀어 넣었다. 시간이 지나면 신문은 폐지 더미로 묶여 버려졌다.

이 바다는 여느 바다와 다를 바가 없다. 막막하기는 매한가지다. 나는 그가 바다에서 무얼 봤는지 알 수 없다. 누군가 재를 다 뿌렸다며 그만 가자고 했다. 오후엔 비가 올지도 모른다는 것이다. 한 사람을 털어내는 데 오 분도 안 걸렸다. 갈비 한 대를 익히는 데도 십 분은 족히 걸린다.

봉고차는 임대 아파트 앞에 멈춰 섰다. 문상객들은 작별 인사를 하고 바캉스 철에 한번 놀러 오라고 했다. 지금은 인적이 뜸하지만, 휴가철에는 행락객으로 바글거린다고 했다. 지난해 끝난 인기 드라마의 촬영지라 일본인 관광객을 태운 관광버스도 드나든단다. 나는 건성으로 그러마 하고 힘차게 봉고차 문을 닫았다.

현관에 들어서자 경비가 나를 불러 세웠다. 607호 이세황의 처라고 하니 경비는 고개를 갸우뚱거렸다.

"홀아빈 줄 알았는데."

607호 현관문은 열려 있었다. 부산스럽게 돌아다니는 여자가 보였다. 누구냐 물으니 독거노인 봉사대란다. 자기가 남편 담당자였으며 그의 유언대로 복지원에 보낼 짐을 싸고 있노라고 했다. 돕겠다고 시늉하니, 힘들었을 거라며 나를 억지로 소파에 앉혔다.

거실 창밖으로도 바다가 건너다 보였다. 희미하게 뱃고동 소리가 들렸다. 그와 함께 내려왔다면 나는 매일 저 풍경을 내다보며 살았을 것이다. 밋밋하고 변화 없는 풍경을 보며 천천히 늙어갔겠지. 낯선 손님으로 북적거리는 식당에서 죽은 고기의 살점이 타들어가는 냄새를 맡은 편이 더 생기롭게 사는 것일지도 모른다.

베란다 문을 열고 나간 여자는 빨래를 걷어냈다. 속옷과 양말을 상자에 차곡차곡 개켜 넣고, 상자 날개를 접었다. 남이 입던 속옷을 누가 입나. 속옷도 없는 알몸보다야 그나마 나은 건가.

여자는 잠시도 쉬지 않고 집 안 곳곳을 들쑤시고 다녔다. 여기저기서 허접쓰레기들이 끌려 나왔다. 니스 칠을 한 포마이카 밥상, 멜라민 접시, 한 짝뿐인 아령, 구닥다리 다이얼 전화 등 고물상에 가져다줘도 손사래 칠 허드레뿐이다.

여자는 냉장고에서 꺼낸 아이스크림을 건네주었다. 싫다고 했다.

"코드를 뽑았으니 어차피 버려야 돼요."

내 손에 억지로 딸기 아이스크림을 쥐어줬다. 오랜만에 맛본 아이스크림은 달고 부드러웠다. 나림이는 딸기맛 아이스크림을 제일 좋아했다. 남편이 퇴근길에 가끔 사들고 오곤 했지. 그런 날들도 있었다.

짐 정리가 끝나자 여자는 목장갑을 둥글게 말아 뒷주머니에 쑤셔 넣었다. 인사치레하려고 지갑을 꺼내자 마다하고, 신발장 위에 놓아둔 상자를 안겨주었다. 앨범, 편지, 안경, 틀니. 개인적인 물건이라 남에게 넘기지 못할 것들만 따로 골라놨단다. 받아 든 상자는 배추 한 포기 무게였다. 현관에 서서 여자는 잠시 말을 골랐다.

"이 선생님은 정말, 좋은 분이셨어요."

여자는 코를 훌쩍거렸다. 나는 상자를 끌어안고 기차역으로 가는 버스는 어디서 타느냐고 물었다.

기차 밖으로 시골 풍경이 잇달아 지나갔다.

나도 그처럼 한때 낙향을 했었다. 남의 비극을 가십거리 삼는 이웃들, 친구들의 격식 차린 위문 전화를 떨쳐버리고 싶었다. 짐짓 걱정하는 척하며 이야깃거리를 찾는 전화가 태반이었다. 시간이 약이야. 마치 짠 것처럼 천편일률인 해결책에도 진저리가 났다.

외당숙은 농사일이 말만큼 쉽지 않다고 했다.

"내다 팔려고 뭘 기르겠단 게 아니에요. 심심풀이, 시간이나 때우잔 거지."

가까운 식구가 죽은 사람이 누리는 특권은, 아무리 무례한 말을 해도 상대가 그러려니 넘어가준다는 점이다.

뒷마당의 우부룩한 잡초를 뽑아내고 채소 씨앗을 뿌렸다. 그러나 싹만 나고 시드럭부드럭 말라갔다. 농약을 뿌리니 밤 사이에 까맣게 타들어갔다. 그깟 푸성귀야 사 먹으면 되지만 시골에도 이웃이 있었다. 얼마간 동정을 살피던 촌부들은 시도 때도 없이 삶은 고구마나 풋과일로 생색을 낸 자배기를 앞세우고 들이닥쳤다. 무람한 여편네들은 너나없이 알은체를 했다. 일곱 살에 여길 떠나 이제껏 도시에서만 지냈다. 연을 날리거나 똥통에 빠진 기억들을 주워 담아줘도 감격스럽지 않았다. 설사 늙은 여자의 얼굴에서 코흘리개 적 얼굴을 발견한다 해도 어쩌란 말이냐. 도시에서 고초를 겪고 낙향했다는 사연을 지닌 이들은, 나도 같은 처지라고 지레짐작하고 대책 없이 동정했다. 처음에는 눈물겹기도 했다. 한통속이라 단정 짓자 그들은 수시로 내 집에서 화투판을 벌였다. 여자 혼자 사는 집이라 만만히 본 게다.

어느 날 저녁, 보다 못해 담요를 마당에 던졌다. 화투패가 훌훌 뿌려지고 십 원짜리 동전들이 쨍그랑거렸다. 그들은 불쌍해 놀아줬더니 강짜를 부린다며 미친 여편네라고 했다.

"저러니 애새끼 잡아먹고 이혼당하지."

나는 경찰에다 패거리가 옮겨간 비닐하우스를 일러주었다. 그날 밤 비닐하우스 쪽에서 호루라기 소리와 고함소리가 요란했다.

다음 날 아침 일찍 나는 부러 경찰서로 찾아갔다. 동물원에 가는 심정이었다. 유치장에 잡혀 으르렁거리는 여편네들을 구경했다. 양계장 여편네가 두고 보자고 생짜를 부렸다.

두고 보자니?

두고 보잔 사람치고 무서운 사람 없다. 지금 어쩌지 못하니 훗날을 기약하자는 거다. 그래, 그렇게 해서라도 분을 달래야지. 죽을 때까지 두고만 봐라.

"같잖지도 않은 것들. 내가 니들 같은 줄 알아."

삼 개월가량의 시골 생활을 그렇게 접었다. 살던 아파트는 전세를 주고 모텔 방을 전전했다. 벽 너머로 들려오는 교성에 잠이 깼다. 한번 잠을 설치면 다시 잠들기 어려웠다. 막무가내로 시간이 밀려들어 왔다. 상처를 핥다 보면 동이 텄다. 창졸간에 잠들면, 꿈속으로 나림이가 놀러왔다. 아이는 나를 향해 두 손을 내밀었다. 그러나 나는 한 발자국도 움직이질 못했다. 아이는 손을 잡아달라고 훌쩍거렸다. 발목을 끊어서라도, 아이를 한 번만 안고 싶었다. 나는 늘 텅 빈 방에서 깨어났다. 내 두 팔로 내 몸을 안고 울었다.

기억과 망각. 두 마리 말이 트랙을 앞서거니 뒤서거니 달렸다. 둘은 번갈아 대가리를 들이밀었다. 시장을 헤매며 쓸데없는 물건들을 사들였다. 나림이가 좋아하던 김부각이야, 그렇지? 지하철을 타면 맞은편 창으로 터널과 벽이 이어져, 윤곽은 다르지만 온통 잿빛이야. 내 옆에 여자아이가 앉지,

이 세상에는 네 또래 여자아이가 참 많아, 그치? 나림아.

두 마리 말은 헐떡거리며 트랙을 돌았다. 끝나지 않을 경주를 지켜보는 데 지쳤다. 밖으로 나가야 했다. 은행의 잔고도 점점 줄어들고 있는 판국이었다. 부동산 업자는 목 좋은 음식점을 소개해주었다. 남은 위자료를 갈빗집에 쏟아부었다. 개업하고 일주일만 손님으로 북적거렸다. 앉은자리에서 돈을 까먹었다. 규모를 줄여 외곽으로 가게를 옮겼다. 가게 뒤에 방이 있어 따로 거처를 구하지 않아도 되었다. 깔끔한 인테리어와 맛깔난 반찬으로 승부를 걸었다. 방송국에 줄을 대서 홍보를 부탁했다. 신세타령을 늘어놓자 전남편의 친구들은 외주 제작사 프로듀서의 전화번호를 알려줬다. 방송 날짜에 맞춰 양로원 노인들을 불렀다. 오랫동안 고기 맛을 못 본 늙은이들은 열성적으로 삼겹살을 먹어주었다. 주말이면 손님들이 가게 앞에 줄을 섰다. 매상은 부쩍부쩍 늘어났다.

스무 해가 지나자 아파트 한 채 값이 든 통장 네 개가 생겼다. 지난해 통장이 하나 늘어났다. 예전에 살던 아파트 단지의 재개발이 시작되었다고 연락이 왔다. 나는 남편과 헤어지고 그 집을 세놓았다. 오랜만에 찾아간 아파트는 무너지기 일보 직전이었다. 나무들은 옥상까지 뻗어 올라갔고, 아파트값은 분양가의 스무 배까지 뛰었다. 나무가 자라나면 그늘도 자라난다. 매매계약서에 도장을 찍자 중개업자는 내년에는 이 땅에 사십 층짜리 주상복합 건물이 들어설 예정이라고 했다.

아파트를 판 돈으로 통장을 하나 더 만들었다. 오 실장은 물려줄 사람도 없는데 그 돈을 다 어쩔 거냐고 물었다. 김밥 할머니처럼 기부할 거냐고 떠보기도 했다. 자네가 상관할 바 아니라며 싱긋 웃어주었다. 줄에 매인 염소는 말뚝 주위를 맴돈다. 월급을 올려주지 않아도 오 실장은 자기를 아들처럼 여긴다는 말만 믿고 내 곁을 떠나질 못했다.

잠이 안 오면 나는 장롱 금고에서 통장을 꺼냈다. 돋보기를 끼고 통장을 펼쳐 첫 장부터 들여다봤다. 내겐 통장이 일기장이었다. 늘어가는 숫자들을 보며 하루하루가 헛되지 않았다는 것을 확인했다.

가게는 텅 비어 있다. 의자는 모두 탁자 위에 올라가 있다. 선풍기는 사라지고 에어컨은 비닐 커버를 뒤집어썼다. 바닥도 말끔하다. 혹시나 해서 창턱에 놓인 화분에 손가락을 꽂아보았다. 흙내가 고소했다. 오 실장은 다소 미욱하지만 잔머리를 굴리는 인간은 아니다. 그는 내가 이 가게를 자기에게 물려줄 것이라고 믿고 있다. 명절 때면 마누라와 아이들이 인사를 왔다. 두 살, 일곱 살짜리 계집아이들은 나보고 할머니란다. 오 실장이 왜 간살을 떨어대는지 모르는 바도 아니다. 그 친절과 다정함이 어디에 뿌리를 내리고 있는지 나는 알고 있다. 허나 굳이 뽑아버릴 필요는 없다. 멋대로 품은 희망으로 하루하루를 버티는 건 누구나 마찬가지다.

방으로 돌아와 상자를 방바닥에 내려놓았다. 칫솔, 속옷, 돋보기, 틀니를 쓰레기봉투에 쓸어 담았다. 앨범, 나와 나림에게 보낸 편지 두 통만 남았다. 기차에서 읽은지라 내용은 이미 알고 있다. '바다 구경을 함께 못 한 게 아쉽다.' 죽은 아이에게 할 말이 고작 이게 전부란 말인가. 나에게 쓴 사연은 더 말할 나위도 없다.

편지를 밀쳐놓고 앨범을 펼쳤다. 첫 장에 나림이 백일 사진이 꽂혀 있다. 갓난쟁이는 공단 의자에 엉거주춤 앉아 제 발을 잡고 있다. 징징대던 어린것을 어르던 게 떠올랐다. 나림아, 여기 좀 봐. 나는 카메라를 보게 하려고 갖은 아양을 떨어댔었다.

아이는 내 품에 안겨 있다가 창경원 뜰에서 걸음마를 하고, 인형을 안고 놀이터 그네를 띄웠다. 벚꽃이 한창이던 동물원에도 놀러갔다. 아이는 목 빠지게 기린을 올려다봤다. 아이의 온몸은 사진 속에 들어갔지만, 기린은 얼굴이 잘렸다. 앨범을 한 장 한 장 넘길 때마다 나림이는 무럭무럭 자라났다. 아이는 높은 피아노 의자에서 발을 달랑거리다, 이내 의젓한 자세로 악보를 바라보았다.

마지막은 죽기 얼마 전에 찍은 프로필 사진이다. 하얀 드레스를 입은 나림이는 정말 예뻤다. 미래의 위대한 피아니스트가 환하게 웃고 있었다. 웃는 얼굴은 있되, 웃음소리는 들리지 않는다. 손바닥으로 사진을 쓸어보았다. 비닐 커버는 차갑고 미끈거렸다.

금고에 넣어두려고 앨범을 들어올리자 사진 한 장이 바닥으로 떨어졌다. 폴라로이드 사진을 집어 들어 살폈다. 사진 속에는 낯선 여자와 사내아이가 나란히 서 있다. 나림이 앨범에 왜 낯선 사람 사진이 끼어 있지? 사진을 뒤로 넘기니

귀퉁이에 볼펜으로 메모가 되어 있다.

'김선주?.'

김주. 사진을 뒤집어 여자의 얼굴을 뜯어봤다. 모자챙 그늘이 얼굴을 가렸다. 귓볼에 난 점도 보이지 않는다. 내가 아는 김선주는 한 명뿐이다. 가족 전체가 외국으로 달아난 뒤, 이제껏 김선주 소식은 들은 바 없다. 그 애가 죽은 셈 쳐야 나는 살 수 있었다. 스무 해 남짓 흘렀으니, 김선주는 서른이 넘었을 것이다. 곁에 선 사내아이는 얼굴에 장난기가 가득하다. 안도? 김선주의 아들일지도 모른다. 김선주도 남들처럼 결혼을 하고 아이를 낳았을지도. 이제 어른이 되었을 테니까. 나림이야 영영 어린애라도 말이다. 나와 나림이는 영영 놓쳐버린 것들이, 걷잡을 수 없이 떠올랐다.

허기가 창자를 무두질쳤다. 나는 자바라 문짝을 밀고 밖으로 나갔다. 밥통 코드는 뽑혀 있다. 공기를 꺼내 찬밥을 담고 냉장고에서 김치와 단무지를 꺼냈다. 물 한 잔도 쟁반에 올렸다. 방바닥에 철퍼덕 앉아 밥을 먹었다. 목이 멨다. 컵 속의 물을 밥공기에 부었다. 물에 만 밥을 게걸스럽게 입에 퍼넣었다. 손가락으로 김치를 집어먹었다. 단무지를 우적우적

씹었다.

　울부짖는 나를 무심히 바라보던 김선주의 얼굴이 떠올랐다. 왜 그랬느냐고 물어도 아무 대답도 하지 않았다. 나는 높은 담장 앞에서 우는 여자였다. 담장이라면 부수고 싶었다. 미쳐 날뛰어도 눈 하나 깜짝하지 않았다. 그 돌멩이 같은 눈알을 손가락으로 후벼 파고 싶었다. 영영 아물지 않을 상처를 주고 싶었다.

　아픈 건 나였다. 상처의 실밥이 단숨에 잡아 뜯겼다. 가슴 언저리가 땀땀이 아렸다. 더 이상 괜찮지 않았다. 발길질에 쟁반의 그릇들이 내동댕이쳐졌다. 밥공기가 엎어지고 김치보시기에서 국물이 흘렀다. 노란 장판에 붉은 김치 국물이 흘러갔다. 물에 불은 밥알들이 흩어졌다. 나는 한 손에 수저를 꼭 쥐고 꺽꺽 울었다. 김선주는 살아 있다. 그리고 사진 속의 김선주는 웃고 있었다.

　'홍익 심부름센터입니다. 살인 빼고 다 해드립니다. 경호, 불륜 조사, 사람 찾기, IP 추적, 대리 시험, 의료 기록, 친자 확인, 애인의 산부인과 기록 및 재산 사항, 꿔준 돈, 정당방

위 개념의 보복, 강제 철거 모두 취급합니다. 고급 인력을 저렴하게 이용할 수 있습니다. 전문가 사십 인 이상 항시 대기. 친절하고 확실하게 모실 것을 약속드립니다.'

일주일 뒤에 흥신소 직원이 서류 봉투를 안고 식당으로 찾아왔다. 영업 개시 전이라 손님은 없고 종업원들만 분주했다. 이른 아침부터 사장을 찾아온 남자를 힐끔거리는 종업원들에게, 양파를 까고, 바닥을 닦고, 물컵을 정리하라고 지시한 뒤 남자를 가게 뒷방으로 데리고 들어갔다.

흥신소 남자는 피아노 의자에 앉았다. 봉투를 건네며 남자는 생색을 냈다. 김선주는 귀국 후 다섯 번이나 이사를 다녔고, 이름까지 갈아치워 찾는 데 애를 먹었다고 구시렁거렸다. 간추리자면 추가 비용이 발생했다는 것이다. 나는 남자의 엄살에 콧방귀를 꼈다. 돈을 준다면 두억시니도 부리는 세상이다. 착수금으로 건네준 돈만 해도 갈비 삼십 인분 값이다.

나는 돋보기를 쓰고 서류를 훑어보았다. 주소와 직장, 휴대전화 번호가 적혀 있다. 아이 이름은 조안도, 여섯 살. 솔바람 어린이집 천사 반.

잔금은 계좌 이체하겠노라고 하자 그는 흔적이 남으면 곤란하다며 현금을 요구했다.

가게 앞에서 기다리라고 하니 그는 받아야 할 돈의 총액을 일러주었다. 갈비 칠십 인분. 장롱을 열고 금고에서 마련해 둔 돈뭉치를 꺼냈다. 침을 발라가며 다시 셌다. 남자는 오락실 셔터 앞에서 팔짱을 끼고 종종걸음을 치고 있었다. 품에서 꺼낸 돈뭉치를 건네자 그는 쪼그리고 앉아 타달타달, 돈을 셌다. 입김이 하얗게 들락날락거렸다. 지폐 뭉치를 서류 가방에 넣고, 그는 더 부탁할 게 없느냐고 물었다. 살인만 빼고 뭐든 해드립니다.

식당으로 들어서니 오 실장이 득달같이 달려왔다. 아까 그 남자는 누구냐고 턱짓까지 해댔다. 물이나 한 잔 달라며 물리치려 했다.

"인상 더럽던데. 그놈 깡패죠? 자릿세 내놓으래요? 얼말 달래요?"

"오버는. 전자 대리점 직원이야. 김치냉장고를 바꿀까 해서 불러봤다."

오 실장은 몇 리터짜리로 살 거냐고 물었다.

"단가가 너무 세. 쓰던 거 계속 써야겠어."

주방장이 배식구로 고개를 내밀었다.

"사장님, 주방 냉장고는요? 냉각도 안 되고 보존도 안 돼요. 그냥 상자떼기에 담은 거랑 똑같네. 이왕 부르신 거 이것도 바꾸죠."

나는 물 잔을 오 실장에게 건네주었다.

"정 못쓰겠거든 주방장 돈으로 새 걸 들여봐. 내 잘 써줌세."

새벽 장보기는 오 실장에게 맡기고 김선주가 산다는 동네로 찾아갔다. 공터와 슈퍼를 지나 축대 사이에 긴 계단을 올라갔다. 담장 곁에 쌓인 잿빛 눈 더미를 지나쳐 백이십구 번지 앞에 섰다. 문패를 떼어낸 자리에는 직사각형의 흰 그림자만 남았다. 대문 틈으로 보조 바퀴가 달린 네발자전거가 보였다. 대문을 밀어보는데, 옆집에서 아이들이 튀어나왔다. 나는 딴청을 부렸다. 골목길이 조용해지자, 대문에 달린 우편함에 손을 들이밀었다. 장갑에 달린 리본이 거치적거렸다. 오 실장의 자식들이 용돈을 모아 사준 가죽 장갑은 물기가 닿으면 고린내를 풍겼다. 장갑을 주머니에 넣고 맨손을 밀어 넣었다. 전단지와 카드 명세서가 끌려 나왔다. 대강 훑고 다발 째 핸드백에 넣었다.

대문이 보이는 전봇대 아래 쭈그리고 앉았다. 옷깃 새로 파고드는 찬바람에 재채기가 터졌다. 발소리가 들리면 죄진 사람처럼 외투 깃에 얼굴을 파묻었다. 차가운 바람에 뼈마디가 욱신거렸다. 찜질방에 가서 몸을 녹이고만 싶었다.

대문이 열리고 두 사람이 뛰쳐나왔다. 전봇대를 붙잡고 일어서는데, 벌써 여자와 아이는 골목길 저편으로 달음박질 쳐 갔다. 헐떡거리며 계단을 내려가 슈퍼 앞까지 쫓아갔다. 여자는 노란 버스에 아이를 실어주고, 다시 골목길을 내달렸다.

지하철역까지 여자는 뒷모습만 보여주었다. 계단참에서 구걸하는 노파 앞에서 여자가 지갑을 꺼낼 때 비로소 얼굴을 확인할 수 있었다. 납작한 이마, 작은 입술, 쥐새끼처럼 까만 눈동자, 귓불의 녹두만 한 점. 김선주였다.

계단 난간을 잡고 몸을 추스르고는, 김선주를 따라 계단을 내려갔다. 지하철에 올랐다. 자리를 양보받았지만 마다했다.

손잡이를 잡고 몸을 흔들거리며, 김선주를 지켜봤다. 내 앞에 앉은 대학생은 안절부절 못했다. 김선주가 저기 서 있다. 출근길의 다른 회사원들과 다를 바가 없다. 김선주와 나 사이에는 너덧 사람이 끼어 있다. 서너 걸음만 내딛으면 김선주의 머리채를 잡아챌 수 있다. 마치 아무 일 없다는 듯 저 뻔뻔한 낯짝에 침이라도 뱉어주고 싶다. 그렇다면 사람들은 나를 역무실로 끌고 갈 게다.

할머니 미쳤어요?

저 여자가 내 딸을 죽였어요.

할머니, 이름과 주소를 대세요.

사정을 모르는 사람들은 웬 미친 노파가 행패를 부린다고 할 것이다.

스무 해 전 한 신문의 사설에서 나림이의 죽음을 다뤘다. 사범대 교수라는 자는 '입시 교육으로 인한 학교교육의 경쟁 만성화가 불러일으킨 청소년의 심리적 압박감 및 불안 의식과 우리 사회의 생명 경시 풍조의 단면을 보여주는 사건'이라고 했다. 결론적으로 두 아이 모두가 어른들이 만든 사회의 피해자라는 것이다.

가해자는 없고 쌍방 모두가 피해자라면 누구에게 책임을 물어야 하는가?

신문사에 전화를 걸어 이나림의 엄마라는 것을 밝히고, 어떻게 그런 기사를 실을 수 있느냐고 따졌다. 전화를 받은 여기자는 사무적인 말투로 칼럼이 반드시 신문사의 방침과 일치하는 건 아니라고 했다. 나는 방침과 영판 다른 기사를 내는 게 말이 되느냐고 물었다. 당장 정정 기사를 내지 않으면 신문사로 직접 찾아가겠다고 윽박질렀다.

"진정하세요. 어머님 심정 십분 이해합니다. (예, 사회붑니다.) 저희는 불특정 다수를 대상으로 합니다. (잠시만요, 남차장님.) 개개인의 의견을 모두 반영할 수 없는 걸 늘 죄송스럽게 생각합니다. (통화 중이라, 무슨 일이시죠.)"

정정 기사는 끝내 실리지 않았다. 나는 직접 대학으로 찾아갔다. 조교에게 긴히 할 말이 있다며 교수 방을 알려달라고 했다. 노크를 하니 한참 뒤 문이 열렸다. 뿔테 안경을 쓴 노인이 나를 위아래로 살폈다.

"호오, 자네 누군가?"

그는 안경을 추켜올리며 하품을 했다.

"졸업생인가? 어디 보자, 음……자네 송은주, 송은주 맞지?"

아니라고 하자, 그럼 누구냐고 눈을 슴벅거렸다.

잠시만 기다리라고 하고 핸드백을 열었다. 찢어 온 신문 쪼가리는 보이지 않았다. 쭈그리고 앉아 화장품, 지갑, 머리빗, 약병을 주섬주섬 꺼냈다.

복도를 지나던 학생들이 교수를 둘러쌌다.

"교수님, 점심 드셨어요?"

"아직."

"후문 앞에 순대국집 개업했는데 같이 가요, 교수님."

"순대국밖에 없나……?"

학생들은 점심을 함께 먹자며, 교수를 앞세우고 복도 저편으로 사라졌다. 나는 끄집어낸 것들을 가방에 쓸어 넣었다. 건물 밖으로 나서니 언덕을 내려가는 교수 일행이 보였다. 허둥거리다 맨홀 구멍에 구두굽이 박혔다. 뒤편에서 경적 소리가 들렸다. 구두에서 발을 빼고 옆으로 비켜섰다. 인부들을 실은 트럭 한 대가 지나갔다.

지나가던 대학생이 나를 부축해서 파란색 벤치에 앉혀주

었다. 구둣방까지 데려가주겠다고 하는 호의는 거절했다.

벤치 앞으로 사람들이 지나갔다. 팔짱을 끼고, 책을 껴안고, 빠르게 혹은 느리게, 흘러갔다. 웃음소리가 들렸다. 반바지와 반팔 소매 밖으로 드러난 살들은 싱싱했다. 벤치는 페인트를 다시 칠했는지 반들반들했다. 하지만 손으로 쓰다듬으니 이전의 흠집들이 우툴두툴 만져졌다. 남들 앞에서 울고 싶진 않았다. 개미들에게 둘러싸인 매미가 눈에 들어왔다. 매미는 칠 년의 깜깜한 시간을 감내했다. 겨우 한 계절을 노래하려고. 고개를 들어 나무를 올려다보았다. 가을이 오면 낙엽은 떨어지고 울음소리들은 사라져버린다.

삼 층짜리 허름한 건물로 들어가는 김선주를 뒤로 하고 택시를 잡아탔다. 열쇠공을 불러 문을 따고 김선주의 집으로 들어갔다. 카드 명세서가 말해주듯 살림은 빈궁했다. 그나마 마음이 달래졌다. 칠칠하게 살고 있었다면 모자가 잠든 사이에 집에 불을 질렀을지도 모른다. 벗어놓은 스타킹, 텔레비전 위의 먼지, 변기에 고인 오줌, 화장실 앞에 깔린 구질구질한 러그, 깜빡거리는 부엌 형광등, 구석에 던져놓은 아이 잠

옷. 냉장고 문을 열자 두엄 냄새가 밀려왔다. 야채 칸은 물크러진 오이와 싹이 난 양파, 끄트머리가 녹아든 상추들로 채워져 있었다. 보이는 것마다 구질구질했다.

하지만 그것조차 그들이 살아 있다는 증거였다. 죽은 사람은 그런 흔적조차 남기지 못한다. '안도 방' 문짝에 매달린 포인세티아 조화에는 먼지가 뽀얗다. 아이의 방으로 들어가 벽에 붙은 그림과 사진들을 살폈다. 테두리에 리본을 두른 그림들, 돌 사진과 바닷가에서 찍은 사진들이 눈에 들어왔다. 서랍에는 아이의 속옷과 양말이 가지런히 정리되어 있다. 김선주는 제 자식의 방은 살뜰하게 꾸며놓았다. 어미니까 제 자식은 애틋하겠지. 침대에 놓인 코끼리 인형이 바닥으로 떨어졌다. 제자리에 앉혀두고 밖으로 나갔다.

솔바람 어린이집으로 갔다. 김선주의 아들은 모래밭에 퍼질러 앉아 흙장난을 하고 있다. 플라스틱 삽으로 모래를 파내 둔덕을 만들고 있었는데, 놀이에 골몰하여 제 딴엔 진지했다. 놀이가 끝나면 모래는 모래로 돌아갈 텐데.

살아 있었다면 나림이는 엄마가 되고, 나는 할머니가 됐겠지. 어린이날마다 손자에게 무슨 선물을 사줘야 할지 고민했을 것이다. 요즘 아이들이 뭘 좋아하는지 수소문하고 다녔겠지.

오 실장은 실실 웃으며 요즘 바깥출입이 잦다며 혹시 바람 났냐고 물었다. 흘려들었는데, 말속에 뼈가 만져졌다. 무골충 같은 오 실장에게 이런 면이 있을 줄은 몰랐다.

저녁 시간이 되자 손님들이 몰려들었다. 송년회 예약이 일곱 건이나 잡혔지만 흥이 나질 않았다. 계산기를 두드리다 맥이 풀렸다. 오 실장에게 잠깐 눈 좀 붙이고 오겠노라고 했다. 전기장판 위에 드러누워 천장을 올려다봤다. 쥐새끼처럼 남의 집에 드나들어 뭘 어쩌겠다는 걸까. 드잡이라도 하겠다는 건가. 개구리 낯짝에 물 붓는 격이니 잊어주는 것이 상책이다. 간신히 딱지가 앉은 상처를 덧낼 필요 없다.

꿈속에 다시 나림이가 나타났다. 아이는 빨간 장화를 신고 되똥되똥 걸어갔다. 나는 나림이를 다시 배 속에 넣어주고 싶었다. 하지만 너무 늙어버렸다. 구름 한 채가 내 머리 위에 떠가고, 세상의 모든 눈이 머리 위로 쏟아졌다. 나는 눈사람처럼 무력했다. 손발이 잘려 옴짝달싹도 못한 채 점으로 멀어지는 나림이를 눈으로만 좇았다. 제가 흘린 눈물로 눈사람은 안쪽부터 녹아들었다. 어쩌다 이렇게 된 걸까.

나는 베개에 얼굴을 비비적거렸다. 그때, 김선주는 이유를 묻는 나에게 아무 대답도 하지 않았다. 내 아이를 죽인 그 아이는 스무 해를 더 살았다.

내가 김선주에게 줄 수 있는 가장 큰 벌은 무엇일까.

장롱에 넣어둔 앨범을 다시 꺼냈다. 김선주의 한쪽 손은 아이 어깨에 얹혀 있다. 나는 손가락으로 사내아이의 얼굴을 톡톡 두드렸다. 아이의 표정은 변함없이 환하다. 에누리 없이 돌려주고 싶었다.

지난여름 나림이 아빠는 김선주와 만났다는 걸 알려주려고 했던 모양이다. 그런데 왜 끝내 아무 말도 하지 않았을까. 하나 마나 한 안부 인사에, 유람선 관광이나 하자고 했을까.

내게 남긴 편지에 남편은 이렇게 썼다.

'당신에게 미안해. 부디 평안하길. 모든 걸 용서하기를.'

웃기는 소리다. 갚아줄 능력이 안 되는 자들이나 용서해주는 거다. 남편은 이 사진을 내게 남겼다. 용서하겠다면 이 사진을 버렸어야 마땅하다. 도화선에 불을 붙인 폭탄을 안겨주고, 자기 혼자 사라져버렸다.

나는 문을 열고 오 실장을 불렀다. 우렁찬 목소리에 손님들의 시선이 내게로 향했다.

"식사들 하세요."

나는 그들을 향해 한껏 웃어주었다.

3. 다잉 메시지

나쁜 새끼라고 욕먹어도 좋다. 냉혈한이래도 할 말 없다. 죽은 사람은 죽은 사람이고, 산 사람은 어쨌든 살아야 하니까.

나는 아내만은, 이해해줄 거라고 오해했다.

"당신은 돌멩이 같아."

시간이 지나자 아내는 단정했다.

"당신은 돌멩이야."

뭐라 한들 상관없었다. 아내는 자기 멋대로 내 감정을 재보고 저울질했다. 그게 아니라 한들, 맞다 한들 무슨 소용이 있나? 아내가 사방팔방으로 자신의 슬픔을 발산하는 동안 나는 작은 점을 중심으로 졸아들었다. 아내의 슬픔은 원심력으로 뿌려지고, 나의 슬픔은 구심력으로 뭉쳤다. 가슴 안쪽에 돌멩이가 들어와 박혔다.

그래, 돌멩이, 어찌 보면 아내는 가장 적절한 사물을 골라냈던 것이다.

당신은 열 달 동안 배 속에서 키운 아일, 잃은 게 뭔지 몰라.

아내는 나에게 너무 큰 걸 요구한다. 죽었다 깨어나도 그 심정은 알 수 없다.

그러나 나는 아내에게 묻고 싶었다.

'너는 죽은 아이가 불쌍한 거니? 아니면 아이를 잃은 네가 애처로운 거니?'

내 나이 마흔, 아내 나이 서른여덟에 나림이가 태어났다. 아내는 세 번 유산했다. 자궁내막이 손상되어 자연적으로 임신하기는 힘들 거라는 의사의 말에 아내는 사형선고를 받은 것처럼 침통해했다. 나는 아이 없이 부부끼리만 살 수도 있지 않느냐고 아내를 달랬다. 그녀는 위선 떨지 말라고 했지만 나로서는 진심이었다. 적당히 취미생활을 하고, 적적하면 개를 기르면 된다고 생각했다. 최선이 아니라면 차선책이라도 찾아야 한다. 실제로 많은 불임 부부들이 그런 식으로 늙어간다. 나는 아이가 있으면 생길 여러 문제점을 열거해주었다. 그러나 교육비, 비행 청소년, 되물려주어야 할 각박한 세상살이 등도 아내를 납득시키지 못했다. 아내는 아이와 부부로 꾸려진 단란한 삼 인 혹은 사 인 가족에 대한 집착을 버리지 못했다.

"애써 위로하지 말아요."

아내는 부부 사이에 문제가 생기면 아이 탓이라고 여겼다. 내가 일에 치어 힘들어해도 아이 때문이라고 지레짐작했다. 짜증을 부리거나 만취해 귀가해도 불임 탓으로 돌렸다. 내 표정에서 섭섭함을 잡아내려 노력했고 읽어낸 감정을 확대해석해 공연한 죄책감에 시달리다가 종국에는 폭발하고 말았다.

"당신, 내가 일부러 애를 안 낳는다고 생각해? 나도 할 만큼 했다구!"

누가 뭐라 했는가?

어머니의 말이 도화선이 되기도 했다. 지나가는 말로 집 안이 썰렁하다고 할 수도 있고, 동생의 아들을 양자 삼으라는 농담도 할 수 있다. 지금이 조선 시대도 아니고 남의 자식을 빌려다 기를 생각은 추호도 없다고 했지만 아내는 다들 너무한다고 하소연했다. 가족이니 터놓고 이야기할 수도 있지 않는가. 노친네 말이니 슬쩍 넘어가주면 안 되겠는가. 아내는 가족이 아닌 사람이 한 말이라면 웃어넘겼을 거예요, 하고 토를 달았다.

자꾸 핀트가 어긋났다. 아내는 우리 사이의 서걱거림이 모두 불임 탓이라 생각했다. 그러나 아이만 있다면 부부 사이의 온갖 문제가 해결될 거라는 아내의 낙관이 더 문제였다.

제작 일 부 황 실장이 죽었다. 다섯 살짜리 동생과 가위바위보를 하던 일곱 살짜리 상주는 어른들의 채근에 못 이겨 일어섰다. 우리 부부는 아이들에게 고개를 조아렸다. 나는 열심히 살라거나, 희망을 가져라 따위의 말을 하는 대신, 두둑한 조의금 봉투를 내밀었다. 아내는 아이들의 손을 하나씩 잡고, 위로의 말을 건넸다. 아이들 얼굴은 영정 속 얼굴의 축소판이었다. 아이들은 황 실장처럼 까다롭고 독설을 내뱉으며 위장이 약한 어른이 될 것이다. 하긴, 아버지 없이 살려면 모질어야 한다.

차가 주차장을 빠져나오자 아내는 물었다. 죽으면 슬퍼할 사람이 많은 편이 나을까요? 슬퍼할 사람은 안 남기고 죽는 게 나을까요? 한 인간의 생은, 그의 죽음을 슬퍼할 사람을 몇 명 남겼느냐에 따라 가치가 정해진다고 했다. 문상객의 머릿수로 한 사람의 일생을 평가하다니 아내는 낭만적이다. 연애 시절에는 피아노를 치는 아내를 사랑했다. 돌이켜보면 그 감정은 사랑보다는 경이에 가까웠다. 무탈하게 자라 취미 삼아 피아노나 두드리는 그녀의 삶은 내게 낯설었다. 바람과 비를 가리고 햇빛만 빨아들이는 온실 속의 삶. 나는 그런 삶의 등장인물이 되고 싶었다.

차가 한강변을 지날 때 아내는 물었다.

"당신, 쓸쓸하죠?"

이런 질문을 단도직입적으로 할 수 있는 사람은 어떤 종류의 인간일까.

"아니."

만약 내가 쓸쓸하다면 당신은 뭘 해줄 수 있는가? 도로는 차들로 빽빽해 옴짝달싹도 할 수 없었다. 아내는 안전벨트를 풀고 숨을 몰아쉬었다.

"집에 가서 술 한잔할까?"

"우리 장례식엔 상주도 없을 거야. 쓸쓸하지 않겠어요?"

"아니. 속이 안 좋아. 음악이나 들을까?"

아내는 집에 오자마자 잠들었다. 혼자서 양주를 홀짝거렸다. 죽은 뒤에 누가 슬퍼하건 말건 죽은 사람과 아무 상관 없다. 결정적인 순간에는 다들 혼자다. 황 실장은 산골로 촬영을 갔다가 여관방에서 죽었다. 자연광 촬영을 해야 하는데, 도착하고 내내 비가 내렸단다. 촬영 팀은 하루 종일 스탠바이 하다가 새벽까지 술을 마셨다. 허름한 여관방에 쓰러져 잠이 들었고, 촬영감독은 잠결에 누군가 더듬기에 성질을 부리며 그 팔을 떼어놓았노라고 훌쩍거렸다. 익사 직전의 허우적거림. 사인은 과로사, 지병인 협심증 때문이라고 했다. 죽고 나니 다들 광고계의 별이 졌다며 안타까워했다. 참고로 말하자면 이름보다 빈번하게 불린 황 실장의 별명은 광고계의 똥파리였다.

사실, 죽은 사람을 받아주긴 어렵지 않다. 가까운 사람의 죽음을 맞은 스스로를 안쓰러워하며 적당히 애도하다, 간혹 기억해주거나 술자리의 침묵을 메우는 화젯거리로 삼는 게 고작이다. 그러나 나는, 살아 있는 나를 받아줄 사람이 필요하다. 의사가 알려준 배란일은 아니었지만 술김에 잠든 아내의 몸속으로 파고들어 갔다. 아내는 잠결에 몸을 열었다. 머리카락에서 희미하게 향냄새가 났다.

"결제해주십쇼."

당최 이 아둔한 놈의 어떤 면을 보고 스카우트했는지 누구라도 붙잡고 하소연하고 싶다. 왜 저기선 멀쩡하던 놈이 여기 와서는 속수무책인가. 자르고 싶어도 다른 회사에 들어가 분발할까 봐 놓아주지도 못한다. 서류를 뒤적거리며 나는 머리를 굴렸다. 그만두지는 않을 만큼, 그러나 바짝 긴장하게 만들어야 한다. 내 손 안에서 호두알이 굴러다녔다.

"힘들지?"

호두알이 딸그락거렸다.

"뭘요, 괜찮습니다."

"힘들 텐데. 이 바닥이 좀 그렇잖나."

"견딜 만합니다."

호두 두 알을 책상에 올려놓았다. 딸각, 소리에 곽 대리는 거북처럼 목을 움츠렸다.

"회사가 군댄가? 견딘다니."

퉁바리를 맞은 곽 대리는 안경을 밀어 올렸다.

"인생 선배니까 하는 말이야. 고깝게 들진 말고."

서류를 넘길 때마다 군데군데 실수와 태만, 무신경함의 흔적이 나타났다. 조목조목 짚어주다 보니 언성이 높아졌다. 가까스로 흥분을 가라앉히고 올려다보니 곽 대리는 창밖을 내다보고 있다. 사무실 통유리 밖으로 한강이 한눈에 내려다보였다. 나야 마냥 등 돌리고 앉아 있으니 강 풍경과 마주할 일이 없다. 출퇴근할 때 옷걸이에 옷을 걸거나 걷어내며 일견할 뿐이다. 강이야 봐주건 봐주지 않건 거기 있게 마련이니까.

"자네 지금 내 말 듣고 있는 거야? 뻔뻔한 것도 웬만치⋯⋯."

곽 대리는 고개를 숙였다. 머리털이 한 줌 뜯겨나간 정수리를 들이밀었다. 이 바닥에서 살아남는 건 인격자도, 실력자도 아니다. 자신이 옳다고 철두철미하게 믿는 강심장들이다.

"원숭이를 잡아놔도 자네보단 크리에이티브할 거야. 이런

구구절절한 설명이 먹힐 거라고 생각해? 순간의 이미지를 캐치해야……."

책상에 놓아둔 호두알이 굴러떨어졌다. 손을 뻗어 책상 밑을 더듬는데 전화벨이 울렸다. 아내에게 회의 중이니 나중에 전화하라고 했다. 끊으려는 찰나 아내는 임신 오 주차라고 알려왔다. 나는 호두알을 집어 들었다. 아내의 자궁이 말린 자두처럼 쪼그라들었을 거라고 생각했다. 사실이냐고 묻자 아내는 저녁에 들어오면 초음파 사진을 보여주겠노라고 했다. 통화 내용을 엿들었는지, 곽 대리는 호두알을 내밀며 배시시 웃었다.

수소문해도 태몽을 대신 꿔준 사람조차 없다는 데 아내는 적잖이 실망했다. 태몽은 아이의 일생을 짐작할 실마리라며 내게 색다른 꿈을 꾼 적이 없냐고 거듭 물었다.

꿈에서 과일이나 동물 같은 거 본 적 없어요?

어떤 징조 같은 게 없었나요?

아내는 아이의 일생을 좌우할 기막힌 상징이나 암시를 놓쳤을지도 모른다며 초조해했다. 꿈이 어떻게 아이의 일생을 예언한다는 건지 이해할 수 없다. 꿈은 그저 현실의 여분이다. 나는 꿈을 거의 꾸지 않는다. 정신없이 살다 보니 깊이 잠들 수밖에 없다. 설사 꿈을 꾼들 애프터셰이브를 바르고 면도를 할 때쯤 잊어버렸다. 지구 위의 몇 억 명이 밤마다 꿈을 꾼다. 다들 그 꿈들을 온전히 기억한다면 현실은 뒤죽박죽이 된다. 일은 일이고 집은 집이듯, 경계를 지켜야만 살아갈 수 있다.

아내는 태어나지도 않은 아이에게 탄생 신화를 만들어주려 했다. 그러나 내 아이는 박혁거세도, 김알지도 아니다. 나는 아내의 닦달에 지쳐, 꾸지도 않은 꿈을 꾸며 들려주었다. 하늘로 떠올라 빙글빙글 도는 '나림' 이야기. 피아노를 치는 천사들의 이야기. 십오 초의 예술로 아이의 인생을 압축해 보여주었다. 사실 베를린에서 상을 탄 피아노 광고를 표절한 것이다. 그러나 아내는 아름다운 꿈이라며 눈물까지 글썽거렸다.

경기가 끝났다. 스코어보드에 영 대 사, 투 스트라이크 원 볼, 세 명의 주자가 진루한 상황에서 화면이 꺼졌다. 국장은 골프를 칠 때마다 야구 이야기를 한다. 어제 그 경기 봤어?

하고 묻고는 필드를 돌며 내내 야구 경기에 관해 떠들었다. 몇 마디라도 거들려면 이 게임을 봐줘야 한다.

야구 경기가 한참인데, 아내가 나타나 리모컨을 집어 들었다. 텔레비전이 꺼졌다.

왜 그러냐고 묻자, 아내는 창백한 얼굴로 나쁜 꿈을 꾸었다고 했다.

"빨간 장화?"

시냇물에 빨간 장화가 둥실둥실 떠가는 것을 봤단다.

시뻘건 장화였어요.

그게 왜 나쁜 꿈이라고 하는지 알 수 없었다.

"꿈에서 붉은 장화를 보면…… 잃는데요."

개나 흑백으로 꿈을 꾸지 인간의 꿈이 컬러풀한 것은 당연하지 않나.

"이번에도 잘못되면 어쩌죠?"

꿈이 아니라, 해몽이 문제다. 뭐든 해석하기 나름이지. 엉뚱한 상상하지 말고 들어가 자라고 했다. 아내는 좀처럼 자리를 뜨지 못하고 거실을 서성거렸다. 자신이 꾼 꿈이 아이에게 해가 될까 봐 두렵다며 안절부절못했다. 장화 한 짝과 아이의 목숨을 견주는 아내를 이해할 수 없다. 이미 꿔버린 꿈을 되돌아가 지울 순 없다. 아내에게 산모의 스트레스만큼 아이에게 해가 되는 건 없다고 일러주었다. 임산부의 스트레스와 태아 건강의 함수관계에 대한 사례를 읊어주자, 아내의 얼굴에서 핏기가 가셨다.

"그러니 암 말 말고 들어가 자."

아내는 리모컨을 내 손에 쥐어주고 방으로 들어갔다.

텔레비전을 켜니 스코어는 오 대 사. 다음 날 국장은 필드를 돌며 구 회 말 투 아웃 한 방으로 상황을 역전시키는 야구의 묘미에 대해 떠들어댔다.

"권희자요."

간호사에게 아내 이름을 알려주었다. 신생아실에는 서른 개가량의 바구니가 줄지어 놓여 있다. 다들 비슷비슷하여 내 아이를 찾아내기 힘들었다. 간호사는 구석에 있는 바구니에서 아이를 들어내 팔찌를 확인했다. 통유리에 이마를 바짝 갖다 대자 입김에 유리가 흐려졌다. 간호원은 통유리 안쪽에서 아이를 들어올렸다. 조막만한 얼굴 속에 이목구비가 다

들어 있다. 내가 아빠다, 라고 속삭이자 아이의 입술이 꽃망울 터지듯 벌어졌다.

아이는 자라면서 인후염, 백일해, 홍역, 폐렴, 가와사키 병에 걸렸고 환절기마다 감기도 빼먹지 않았다. 냉장고를 열면 맥주병이 있던 자리에 약봉지들이 꽂혀 있었다. 퇴근하고 집 대신 소아과 병동으로 직행하기도 했다. 아내는 노산을 했으니 아이가 약한 건 당연하다고 했다. 가만 보면 간호사와 의사들이 아이의 안부를 물어주는 것을 즐기는 것 같기도 했다. 면회를 온 어머니는 우리 집안에 이렇게 골골대는 아이는 없었다며 푸념했다. 어머니는 자수성가한 아들의 과거에서 그늘진 부분을, 깡그리 지워주려고 했다. 며느리 앞에서 특히 심했다. 어머니의 말에 따르면 나는 아픈 적도, 가난한 적도, 실패한 적도 없다. 언덕에서 거스를 것 없이 곧게 자란 느티나무 같았다. 내가 홍보업계에서 일한 건 어머니 덕분인 것 같다.

아내는 입을 다물고 뜨개질만 했다.

"병원엔 돈 없어 못 간 거지. 저도 약골이었잖습니까."

어머니는 입을 삐죽거렸다. 그러고 보니 나림이는 어머니와도 닮았다. 아내가 병실을 비운 사이 나는 아이를 지켰다. 내일 아침 열한 시에 퇴계로에서 프레젠테이션을 해야 한다. 스토리보드 작업을 마무리하지 못했다. 아내가 짐을 챙겨 돌아오면 회사로 돌아가 밤을 새야 한다.

침대 곁 의자에 앉아 아이를 바라보았다. 정수리에 머리털이 부숭하다. 닫힌 눈꺼풀 안에서 눈알이 움직였다. 눈을 감고 뭘 저렇게 열심히 보나. 갓난쟁이도 꿈이란 걸 꿀까?

링거 튜브로 포도당액이 한 방울씩 떨어졌다. 눈을 뜬 아이는 허공을 향해 양팔을 바둥거렸다. 나는 손을 뻗어 아이의 손을 잡아보았다. 밀가루 반죽처럼 몰랑거리는 손을 펼쳐 들여다보았다. 분홍빛에 구김살 없이 통통했다. 굵은 금 몇 개가 손바닥을 가로지르고, 잔금은 하나도 없다. 나는 아이의 손금에 끼어 있는 머리카락을 떼어주었다. 잔금이 많으면 아빠처럼 평생 고생한다. 아빠는 여기까지 오기 위해 정말, 갖은 고생을 다 했단다. 내 손 안에서 아이의 손이 몰랑거렸다. 너는 평생 고생할 일 없을 거다. 아빠가 열심히 일해 돈 많이 벌어다 줄게.

아이가 울기 시작했다. 뭔가 위로해주어야 하는데 막막

했다. 초등학교 때 얼굴도 모르는 군인에게 위문편지를 써야만 했다. 그곳은 춥다고 합니다. 감기 조심하세요. 형들 덕분에 저희들은 북괴의 위협에도 불구하고 맘 편히 잡니다. 답장은 한 통도 받지 못했다. 아이 울음소리는 점점 커졌다. 자장가를 모르는 나는, 아이를 가슴에 품었다. 앞섶이 척척해졌지만, 우는 얼굴을 더 이상 보지 않을 수 있었다.

나림이는 유난히 예민했다. 밤낮을 바꿔 울어댔다. 도통 잠을 잘 수가 없었다. 처음에는 아이가 노래를 잘하려나 봐요, 웃던 아내도 나날이 지쳐갔다. 베개를 안고 아내의 피아노 방으로 잠자리를 옮겼다. 이사를 갈 때마다 아내는 소음 시설이 완벽한 피아노 방을 꾸몄다. 이천만 원짜리 방음 시설을 갖춘 방에서 음악이 흘러나온 적은 없다. 피아노 소리는 거실 오디오 스피커에서나 들을 수 있었다.

문밖에서 아이 울음소리가 들려왔다. 나는 이불을 정수리까지 끌어올렸다. 부부 단둘이 있을 때의 고요하고 거룩한 밤들이 떠올랐다. 아내는 아이가 하늘이 준 선물이라고 했다. 나도 아이가 사랑스럽다. 하지만 사랑은 사랑이고 일은 일이다. 잠이 모자라 신경이 예민해지면 업무에 차질이 생긴다. 부하 직원들에게 불똥이 튀고 클라이언트와 시장이 원하는 결과물을 내지 못한다. 우는 아이가 괴롭히는 사람은 아내 하나면 충분하다. 영역을 명확히 구분하지 않으면, 역할 분담에 차질이 생긴다. 수렵과 채집, 돈벌이와 살림살이. 회사는 가정 일에 시간을 쓰게 할 만큼 호락호락하지 않다.

나는 가난한 집안의 장남으로 태어나 이런저런 고초를 겪으며 여기까지 왔다. 기차는 철로의 돌멩이 때문에 멈춰 서지 않는다. 방음장치가 된 방에서 나는 기를 쓰고 단잠을 잤다.

젖먹이 수발에 아내는 녹초가 되었고, 잠자리도 뜸해졌다. 아내는 곰에게 습격당한 사람처럼 내 밑에서 눈을 감고 죽은 척을 했다. 운우지정은 옛말이었다. 나 역시 일 때문에 회사에서 밤을 새기 일쑤였다. 회의실 의자에서 노루잠을 잤다. 몇 번 여자들을 만나 욕구를 풀었다. 달래고 어르고 구걸하지 않아도 직업 정신으로 나를 받아줬다.

나림이가 열두 살이 될 때까지 나는 수십 편의 광고를 기획했다. "요람에서 천국까지" 보험과 "단 하루를 살아도, 특별하게" 영화 속 하룻밤을 재현시켜 주는 호텔, "심장에 찍힌 입술" 립스틱과 "이대로 별까지" 끊어진 길을 뛰어넘는 사륜구동 자동차 광고를 만들었다. 오늘과 내일은, 그날그날 할 일에 따라 나뉘었다. 전무는 모든 프로젝트에 회사의 사활이 걸려 있다고 했다. 한 프로젝트를 끝내면 한 생을 마감시키는 것 같았다. 시청 앞의 광고판은 분기별로 갈아치워졌다.

일주일에 한 번씩 집에 들러 짐만 꾸려 갈 때도 많았다. 뜨내기 하숙생과 다를 바 없다. 해외 출장이라도 다녀오면 아이는 몰라보게 자라 있었다. 아이 얼굴은 회사 입구에서 거수경례를 하는 수위 얼굴보다 낯설었다. 아내는 지갑 속에 아이 사진을 끼워주었다. 일 년에 한 번씩 사진이 바뀌었다. 술에 취해 지갑을 열면 부쩍 자란 아이 얼굴이 보였다. 술김에 아이를 찾으면 아내는 아이가 자고 있다며 문 앞을 가로막았다.

아내는 남 보기에 나무랄 데 없는 엄마였다. 헌신적인 엄마가 아이에게 해가 될 리 없다. 공허감 운운하며 바람을 피거나 쇼핑을 하는 것보다는 낫지 않은가. 아내는 아내대로, 나는 나대로 이 인조로 아이에게 최선을 다했다.

어느 날부터인가 아내는 나림이가 피아니스트가 될 거라고 했다. 되어야 한다고 했다. 나는 그때, 방음 시설이 된 방을 써먹을 수 있다고 생각했다. 모녀가 건반을 두드리는 모습을 떠올리니 그림도 좋았다. 피아노 소리가 흘러나오는 집, BGM도 그럴싸하다. 허나 나는 왜 나림이가 피아니스트가 되어야 하는지는 몰랐다. 양육은 엄마 몫이다. 나보다는 아내가 아이를 더 잘 알 테니 어련히 잘할 거라 생각했다.

아내는 나를 보면 피아노와 나림이 이야기만 했다.

여보, 모차르트는 다섯 살 때 작곡을 했대요.

나림이는 벌써 열 두 살이에요.

당신, 왜 상한 통닭을 사왔어요?

이번 콩쿠르에 못 나가서 어쩌죠.

피아노를 못 치겠대요. 여보, 나 미치겠어.

앞으로 나림이는 어쩌죠?

여보, 나림이가……나림이가…….

오늘 낮 2시 30분경 ○○초등학교의 3층 교실에서 5학년 여학생이 흉기에 찔렸습니다. 병원으로 후송했으나 과다 출혈로 숨을 거두

었습니다. 용의자는 같은 반 김 모 양으로 살해 동기는 아직 밝혀지지

않았습니다. 담임교사의 말에 따르면 두 학생은 평소에 잘 어울려 다

니는 친구 사이였다고 합니다.

회의 도중 전화를 받았다. 택시에서 내릴 때에야 호두알을

쥐고 있었다는 걸 알았다. 영안실에서 아내를 데리고 경찰서

로 갔다. 마스카라가 흘러내려, 아내는 검은 눈물을 흘렸다.

가해자의 엄마는 아이와 함께 우리 앞에 꿇어앉았다. 미안

하다고 해. 잘못했다고 해. 제 엄마가 다그쳐도 아이는 입을

벌리지 않았다. 그 여자는 딸의 머리를 강제로 눌렀다. 누를

때마다 태엽 감은 인형처럼 아이는 고개를 조아렸고, 엄마는

죄송합니다, 용서해주세요 하고 앵무새처럼 말했다.

"어떻게, 어떻게 아일 길렀기에, 어떻게 이런 일이."

아내는 여자의 멱살을 잡은 채 까무러쳤다. 여자는 제 옷

옷을 잡고 있는 아내의 손가락을 하나씩 조심스레 떼어냈다.

김선주란 아이는 우리 셋을 빤히 바라보고 있었다. 차림새도

형편없었다. 저런 평범한 아이가, 내 아이를 죽였다니. 그렇

게 사랑스럽고 소중한 내 아이를 죽인 아이가 고작 너 따위

라니.

　다가가 한 손을 들자 김선주란 아이는 멈칫, 뒤로 물러섰다. 손끝만 까닥하면 꽁무니 빠지게 달아날 짐승 새끼였다. 나는 아이를 벽에 밀어붙였다. 김선주는 발치만 내려다보았다. 나는 아이의 정수리를 내려다보았다. 호두알처럼 바스러뜨리고 싶었다. 손바닥으로 아이의 뺨을 후려갈겼다. 아이는 휘청거렸고, 아내는 더 큰 소리로 오열했다. 경찰이 다가와 내 팔을 잡았다. 아이는 안쪽으로 끌려 들어갔다. 유치장에서 술 취한 남자의 고함 소리가 들려왔다. 억울하다고! 억울하다고! 사내는 혀 꼬인 소리로 고함을 쳤다.

　나는 아내를 부축해 경찰서를 나섰다. 아내를 응급실에 눕혀놓고 장례 사무실을 찾아갔다. 라면을 끓여 먹고 있던 직원들에게 장례식 절차를 물었다. 남자는 젓가락을 냄비에 꽂고 매란실이 비어 있노라고 했다. 슬리퍼에 발을 꿰며 방을 보여주겠다고 나서기에 그냥 거기로 하겠노라고 했다. 코팅한 종이를 넘기며 관과 수의, 영정을 둘러쌀 조화, 상차림을 의논했다. 무엇이든 가장 비싸고 좋은 것으로 해달라고 했다. 장례식을 치르는 데 중형차 한 대 값이 날아갔다. 내가 딸에게 해줄 수 있는 건 그게 전부였다. 장례식장 앞에 화환들이 늘어섰다. 조화를 떠메고 온 화원 조수가 어디다 놓을까요? 물었다. 광고협회 총무가 보낸 조화 옆을 가리켰다. 식장 앞에 리본을 단 조화들이 일렬로 늘어섰다. 사무실 직원은 화환을 버리는 데도 돈을 내야 한다고 했다.

전무는 육개장을 퍼먹으며 얼마나 슬펐느냐, 자식은 가슴에 묻는다더라, 주절거렸다. 야구 이야기도 빼놓지 않았다. 악천후 속에서도 게임은 계속된다는 것이다. 감독이 육 회말에 심장마비로 쓰러져도 투수는 공을 던져야 한다.

담임은 나림이가 성실했고 교우 관계도 좋고, 공부도 잘했다고 증언했다. 냅킨을 뽑아 세차게 코를 풀더니 쉰다섯 명을 교사 혼자 모두 통제한다는 것은 불가능하다고 주절댔다. 아줌마를 불러 담임에게 오징어무침을 더 갖다 주라고 했다. 담임은 내게 주차권을 어디서 얻을 수 있느냐고 물었다.

살아 있었다면 아이는 세계적인 피아니스트가 되었을지도 모른다. 아이를 보기 위해 많은 사람들이 연주회장을 찾아오고, 나는 맨 앞자리에서 연주를 감상한다. 아니면 제 엄마처럼 무난하게 결혼을 하고 아이를 낳을 수도 있다. 생은 여러 갈래로 아이 앞에 뻗어 있었다. 나림이는 어떤 길도 끝까지 가지 못하고 죽어버렸다. 기타 등등의 삶, 그 밖에 다른 많은 가능성들. 공책에 다 옮겨 적지 못했는데 칠판은 말끔히 지워졌다.

이런 위로가 가능할까. 어쩌면 아이는 아주 불행하게 살았을지도 모른다. 그러다 비참하게 죽었을 수도 있다. 지금까지의 삶이 행복했으니 이쯤에서 마감하는 게 나을지도 모른다. 끝까지 가봤자 별 볼일 없는 삶이라면 중간에서 멈추는 것도 좋다. 공을 들인 기획안도 시장성이 없으면 가차 없이 폐기된다. 살수록 생이 더 나아지리란 보장은 없다. 하지만 나는 아이의 남은 생이 최악이었을 거라고 장담할 수 없었다.

육개장을 퍼먹었다. 숟가락이 닿은 데마다 밥덩이가 붉다.

화장장 화구에 아이를 밀어 넣었다. 아내는 혹시 아이가 살아 있는데, 불에 타 죽으면 어떻게 하냐고 울부짖었다. 그런 기적이 일어날 리 없다. 굴뚝은 꾸역꾸역 연기를 피어 올렸다. 구름은 연기를 받아먹고 흘러간다.

대인(만 13세 이상) 4만 원

소인(만 12세 이하) 3만 원

사산아 1만 원

개장 유골 1만 4천 원

국가 유공자 무료

화장비 삼만 원을 지불했다. 나는 영수증을 접어 지갑에
넣었다.

책상에는 보고서가 쌓여 있었고, 원숭이 곽 대리는 과장
자리를 꿰찼다. 그는 태국 출장 때문에 부득이하게 장례식에
가지 못했다며 조의금 봉투를 내밀었다. 클라이언트는 면담
을 요구했다. 회전문 앞에서 나는 넥타이를 고쳐 맸다.

"자네 몇 년차지?"

책상 위에는 우리 팀과 경쟁사의 카탈로그가 나란히 펼쳐
져 있다.

"십육 년째입니다."

"바닥날 때도 됐구만."

나는 넥타이 매듭을 헐겁게 했다.

"왜? 듣기 거북한가?"

"아닙니다."

"인생 선배니까 하는 얘기야. 다들 죽겠다, 죽겠다 징징대는데 정작 성과는 없어."

이 바닥은 그렇게 만만치 않다. 백 번 잘해도 한 번 삐끗하면 그걸로 끝장이다. 그는 나를 앞에 세워두고 일장연설을 늘어놓았다. 나는 손수건을 꺼내 이마의 땀을 꾹꾹 찍어냈다.

"머릿속에 있는 걸 다 끄집어내 봐. 다음 주까지."

그는 말을 끊고 일정을 앞당겼다.

"다음 주? 늦어. 이틀 주겠네."

클라이언트의 머리 뒤에 얼굴이 긴 여자 그림이 걸려 있다. 모딜리아니의 〈검은 스카프를 한 여인〉이다. 황금색 액자 속 여자의 목에 걸린 스카프는 올가미 같았다. 눈은 탁한 푸른색이다. 우유가 섞인 호수 물빛 같다. 죽은 여자가 날 가만히 응시한다.

"이봐, 표정이 왜 그래? 젊은 사람이 다 죽어가는 얼굴로."

그는 내 어깨를 툭툭 두드렸다.

"어때, 이따 술이나 한잔할까?"

퇴근길에 집에서 죽은 아내를 발견하는 상상을 했다. 핏물 가득한 욕조에서 한쪽 팔을 내밀고 죽은 아내. 물에 불어 욕조를 채운 몸통과 새하얗고 쪼글쪼글해진 살갗. 넘어진 의자와 매달린 몸. 목 맨 사람은 숨이 넘어가기 전에 몸 안의 불순물을 쏟아내고 텅 빈 가죽 부대로 남는다. 거실 바닥에는 대만산 호랑이 가죽이 깔려 있다. 만약 지금 아내와 헤어진다면 사람들은 나를 비난할 것이다. 너는 아무도 지켜내지 못했다.

아내까지 죽으면 그 집에는 나만 남겨진다.

애완동물 가게에 찾아갔다. 상점 주인은 거북을 권했다.

"십장생 아닙니까. 애껴주면 이십 년은 너끈히 살걸요."

나는 거실 장식장에 거북이 든 수조를 올려놓았다. 말린 새우를 내밀면 거북은 느릿느릿 바위 밑에서 나와 입을 내

밀고, 발버둥을 쳤다. 냉장고에서 차가운 수박을 꺼냈다. 칼로 반 토막 내고 수저로 파먹었다. 붉은 수박 살은 시원하고 물이 많았다. 나는 수조 안에 수박 한 조각을 넣어주었다. 거북은 수박의 살에 머리를 처박고 뒷다리를 버둥거렸다. 검은 씨가 물 위로 떠올랐다. 거북은 스스로 먹이를 찾을 필요도 없고, 수조 밖으로 나올 수도 없다. 평생 플라스틱 수조 속에서 허우적대다가 먹이를 주는 시간에만 움직이면 된다.

거북이 사라졌다. 플라스틱 수조에는 돌멩이만 남아 있다. 아내에게서 거북의 행방에 대한 어떤 단서도 얻어내지 못했다. 혹시 내다 버렸냐고 물었더니 아내는 물끄러미 나를 바라보았다.

"거북이요? 무슨…… 거북?"

아내는 내가 거북을 키우는지도 몰랐다.

아내는 아이를 더 이상 낳지 않겠다고 했다. 술 취한 척하고 옷 속에 손을 넣었더니, 아내는 내 손을 걸레 뭉치처럼 품 안에서 끄집어냈다. 한 침대에 서로의 몸이 닿지 않게 등을 돌리고 누웠다.

곽 과장은 승진해 내 옆자리로 왔다. 온종일 파티션 너머로 호두알이 달가거리는 소리가 넘어왔다. 나는 의자를 돌려 창밖으로 한강을 내다보았다. 유람선은 얼음을 부수며 앞으로 나갔다. 강의 끝은 바다로 열린다.

나는 궁벽한 어촌에서 어부의 아들로 태어났다. 죽은 아버지에게 물려받은 건, 남보다 튼튼한 몸뚱이밖에 없었다. 맨주먹에 불알 두 쪽으로 도시에 나와 가정교사 생활과 고학으로 대학을 마쳤다. 아내는 입주 가정교사 생활을 하던 때 만났던, 학생의 누나였다. 나는 학생이 문제를 풀게 두고, 달달한 외제 과자를 씹은 뒤 홍차를 마시며 입천장에 붙은 과자 부스러기를 넘겼다. 아래층에서는 피아노 소리가 올라왔다. 봄 바다에서 헤엄치던 때가 떠올랐다. 햇살이 어루만지는 파도의 소리가 끊기지 않길 바랐다.

오기와 투지로 살았다. 내가 뭘 잘못했나. 그저 순간순간 전력투구했을 뿐이다.

가라앉은 바닥은 왜 이렇게 캄캄할까.

클라이언트는 계약을 파기했다. 두 군데 거래처가 끊겼다. 새벽까지 술자리가 이어졌다. 전무는 언제 슬럼프를 끝낼 거냐고 물었다. 자넨 좌완 투수야. 스태미나와 기교로는 자넬 당해낼 사람이 없다고. 샹젤리제 윤 마담도 그러던데.

새 프로젝트의 책임자는 원숭이였다. 인수인계를 빨리 해 달라고 성화를 부렸다. 일선에서 물러나자 다들 한물간 인간으로 취급했다. 정전된 도시에 나 혼자 남았다. 발전소가 멈춰버렸다. 누구나 만만하게 보고, 모욕하던 어린 시절의 나로 돌아간 것 같았다. 귀가 시간은 점점 늦어졌다. 보고서의 글자들이 눈에 들어오지 않았다. 시간이 모든 것을 해결해줄 거라고 믿었다. 믿고 싶었다.

술에 취해 집에 들어오다 무언가를 밟았다. 꿈틀거렸다. 딱딱하고 뭉클했다. 끈적거리는 한쪽 발을 조심스럽게 들어 올렸다. 전등 스위치를 올렸다. 바스러진 껍질 밖으로 밀려 나온 목과 네 개의 다리가 눈에 들어왔다.

거북이 돌아왔다. 깨진 등껍질 사이로 붉은 살점이 솟아올라 있고, 목은 껍데기 밖에서 꺾였다. 나는 깨금발로 소파에 앉아 티슈로 발바닥의 오물을 닦아냈다.

새벽 세 시 십 분, 집 안은 고요하다. 숨통이 완전히 끊어지지는 않았는지, 거북은 간헐적으로 꿈틀거렸다. 내게 모스

신호를 보내는 것 같았다. 거북은 네 다리로 바닥을 문지르지만 그 자리에서 맴돌 뿐이다. 조금 있으면 돌덩이처럼 잠잠해질 것이다. 부엌에서 집게를 들고 나와 거북을 집어 올렸다. 배 밑으로 내장이 덜렁덜렁 딸려 올라왔다.

소란 떨 거 없다. 죽은 거북을 들어내, 변기에 넣고 물을 내리면 된다. 거북의 조각을 휴지에 뭉쳐 화장실 변기로 옮겼다. 변기 레버를 당겼다. 휴지 뭉치는 꿈틀거릴 뿐 끌려 내려가지 않았다. 거북은 물속에서 꿈틀거리는 것 같았다. 집게로 휴지 뭉치를 집어 복도로 나가 쓰레기 투입구를 열었다. 부패한 음식물 냄새가 올라왔다. 고개를 돌리고 구멍에 거북을 던져 넣었다. 떨어지는 소리는 아득했다.

집에 돌아와 나는 티슈로 현관문 앞을 문질러 닦았다. 거북이 왜 여기까지 나와 있었는지 알 수 없다. 수조를 나와 가구 밑에 숨어 있다 기회를 틈타 기어 나왔을지도 모른다. 망망대해 같은 거실 바닥을 허우적거리며 현관까지 기어왔다. 바다를 꿈꿨는지도 모른다. 그 고된 탈출 길의 끝은 내 발바닥 밑이었다. 나는 한때 거북이 나와 아내보다 오래 살 거라고 생각했다.

아내에게 이곳 생활을 접고 시골로 내려가 살자고 했다. 아내는 거실 바닥에 놓인 신문지를 차곡차곡 개서 탁자 밑에 넣고 이혼 서류를 내밀었다. 이틀 뒤에 도장을 찍어주었다.

함께 있어도 서로를 달래줄 수 없다면 갈라서는 편이 낫다. 서로에게서 상처 자국만 확인하는 관계. 거울 속 상처는 아물지 않고 생생하게 되비쳐진다. 위로해주려고 다가선들 차가운 거울이 가로막는다. 아이가 없었다면 우리는 그럭저럭 함께 늙어갈 수 있었을 것이다. 그러나 아이는 엄연히 있다, 가버렸다. 들고 난 자리를 무엇으로도 메울 수가 없었다. 공허는 점점 평수를 넓혔다.

휑뎅그렁한 집. 나는 식탁에서 혼자 라면을 먹었다. 베란다 밖으로 맞은편 아파트가 내다보였다. 불 켜진 창들은 위안이 되지 않았다. 잘 살았노라고, 그래도 이겨내고 살았노라고 나를 칭찬해줄 사람은 아무도 없다.

나는 홀로 남쪽 도시로 내려갔다. 태풍이 오거나 몸이 아플 때를 제외하고는 매일 바다낚시를 하러 갔다. 시간이 지나자 친구도 생겼다. 목사는 내 사연을 듣고 마음의 평안을 찾는 것이 우선이라고 했다. 막말하지 말라고 따지자 목사는 자기 역시 아이를 병으로 잃었고, 그 슬픔에서 벗어나기 위해 많은 시간을 괴로워했노라고 했다. 나는 물었다. 당신 자식은 병에 걸렸고 그건 자연사다. 하지만 내 아이는 살해당했다. 그게 어떻게 같지? 그러자 목사는 이 세상에 아쉬움 없는 죽음이 있느냐고 되물었다. 누구에게나 죽음은 때 이른 것이다.

"어쨌든 그 애들은 가고, 우리는 남았습니다. 볼썽사납게 나마 살아 있죠."

장기를 두고, 평상에 앉아 막걸리 잔을 비우며 흥뚱항뚱 세월을 보냈다. 이력서에 쓰지 못할 경력들이 쌓여갔다. 늘마에 벗들도 생겼다. 이렇게 살다가 조용히 사라지는 것도 나쁘지 않을 게다. 슬퍼할 사람을 남기지 않는 것도 생을 마감하는 좋은 방법 중 하나이다. 그래, 그렇게 조용히 끝낼 수도 있었다.

여름이면 외지인들이 해변을 메웠다. 빙부상을 당한 낚시회 친구의 부탁으로 하루 동안 노점을 봐줬다. 비닐을 깔고

네 귀퉁이에 돌멩이를 올려놓고, 인형들을 크기대로 앉혔다. 나는 낚시꾼의 자세로 지나가는 손님들을 바라보았다. 바닷가에 온 사람들은 털투성이 인형에 눈길을 주지 않았다. 대낮부터 취한 연인들이 다가와 인형들을 손가락질하며 가격을 물었다. 핫팬츠 차림의 여자는 곰 인형을 안고 희희낙락했다.

사내아이 하나가 노점 앞에 쪼그리고 앉아 코끼리 인형을 바라보았다.

"그거 코끼리지? 아저씨."

"어."

"코가 왜 이렇게 짧아?"

천을 아끼려고 그랬겠지.

"이거 무슨 코끼린데?"

나는 손부채질을 하며, 중국산 코끼리라고 했다.

"페르시아 코끼리면 좋은데."

인형을 사줄 아이의 부모는 보이지 않았다.

"제 이름이요, 조안돈데요. 페르시아 코끼리는요⋯⋯."

"너, 여기서 뭐해? 엄마가 얼마나 찾았는데!"

여자는 손을 잡아끌어 아이를 일으켰다. 아이는 엉덩이에 묻은 모래를 털며 코끼리 인형을 가리켰다.

"엄마, 저 코끼리, 페르시아 코끼리래."

아이 엄마를 힐끗 올려다보았다. 어떤 이미지가 떠올랐다. 미간을 찌푸리며 싸구려 봉제 인형을 내려다보는 여자와 눈이 마주쳤다. 어디서 본 듯 낯이 익었다. 아이는 코끼리 인형을 답삭 집어 들고, 얼굴을 비벼댔다. 여자는 한숨을 쉬며 가격을 물었다.

"삼만 원? 되게 비싸네."

여자는 지갑에서 지폐를 꺼내느라 고개를 숙였다. 흘러 내린 머리카락을 귀 뒤로 쓸어 넘겼다. 귓불의 점이 도드라졌다. 나는 여자의 얼굴을 자세히 뜯어보았다. 계집아이의 얼굴 위에 여자의 얼굴이 디졸브되었다. 퍼즐 조각이 맞춰졌다. 해외지사에 근무하는 동창들에게 김선주의 행방을 수소문한 적이 있다. 사막에서 모래알 찾기야. 그들은 다들 모르겠다는 답변만 전했다. 이곳으로 내려온 뒤로, 나는 김선주 따위는 잊었다고 생각했다. 아이는 품에서 코끼리 인형을 떼어놓으려고 하지 않았다.

"저기, 숙소에 돈이 있는데, 가져다 드리면……."

여자는 내가 선뜻 그러마 하지 않는 게 떼먹을 거라고 의심한 탓이라고 여긴 듯싶었다. 머뭇거리더니, 아이를 잠시 봐달라고 부탁했다. 일출 횟집 민박은 여기서 십 분 거리였다. 나는 아이에게 이런저런 얘기를 캐물었다. 아이의 나이는 여섯 살, 서울에서 왔고, 엄마 이름은 윤수인이라고 했다. 윤수인.

"아빠는 같이 안 왔어?"

"아빠는…… 죽었대."

아이는 코끼리 인형을 꼭 끌어안았다. 그 뒤로는 내가 뭘 물어도 선뜻 대답해주질 않았다.

안줏거리로 사다 둔 문어 다리를 내밀었다.

"이건 뭔데?"

"문어 다리."

"엄청 뚱뚱한데."

아이는 문어 다리 앞에서 머뭇거렸다.

"얼른 받아. 할아버지가 예뻐서 주는 거야."

아이는 문어 다리를 받아들고 꾸벅 인사를 했다. 고개를 숙이자, 목덜미에 걸린 미아 방지 목걸이가 눈에 들어왔다. 나는 아이에게 손주에게 만들어주려 한다며 목걸이를 좀 보여달라고 했다. 아이의 등 뒤에서 목걸이를 풀어내 들여다보았다. 글자가 너무 잘아 보이질 않았다. 조끼 주머니에서 돋보기를 꺼내 아이 이름과 전화번호, 뒤편의 주소까지 몇 번을 되뇌었다. 여자는 십 분쯤 뒤에 지갑을 들고 돌아왔다. 아이는 코끼리 인형을 껴안고 한 손에는 침을 묻힌 문어 다리를 쥐고 사라졌다.

귓불의 점만으로 김선주라고 단정 지을 수는 없었다. 나는 일출 횟집 주위를 맴돌며, 모자의 동태를 살폈다. 우연인 듯 마주쳐서 말을 걸었다. 여자는 잔뜩 경계하는 눈치였지만, 아이는 문어 다리 할아버지라고, 알은체를 했다. 나는 여자의 목에 걸린 카메라를 가리키며 사진을 찍어주겠노라고 나섰다. 여자는 마다했지만 아이는 제 엄마의 손을 잡아끌었다. 두 장의 사진 중 한 장은 잘못 찍혔다고 말하곤 주머니에 챙겨 넣었다.

김선주를 만났다는 걸 알려주려 아내를 만났다. 그러나 오랜만에 만난 아내는 활기차고 건강해 보였다.

하긴 이제 와 뭘 어쩌겠는가.

괜한 말로 아내가 애써 찾은 평화를 해치고 싶진 않았다. 발화 지점이 어디였는지 더듬어 올라가는 것이 무슨 소용인가. 집은 복구가 불가능하게 타버렸다. 잿더미에서 뭘 찾아낸다는 것인가.

오래전에 아이가 생기지 않았을 때 아내는 우리가 벌을 받았다고 했다. 그러나 나는 죄를 짓지도 않았는데 벌을 받을 리 없다고 말했다.

내가 돌멩이 같다는 아내의 말은 틀리지 않았다. 나는 그때 차라리 돌멩이가 되고 싶었다.

구름은 수평선 위에 산등성이처럼 올라가 있었다. 바다 표면이 연인들이 덮은 담요처럼 굼실거렸다. 파도는 솟구쳐 오르다, 하얀 거품만 남기며 스러졌다. 파도는 심장 고동과 같은 리듬으로 움직였다.

세상은 구름 떼와 함께 수평선 너머로 달아나버리는 것 같았다.

오늘 하루 날씨는 좋을 것이다.

빈 소주병을 바위에 꽂았다. 팔베개를 하고 누워 눈을 감앉다. 피아노 앞에 앉은 딸과 그 옆에 선 아내가 보였다. 눈을 감아도 음악 소리는 들렸다. 나림아, 하고 이름을 불러보았다. 아이는 고개를 돌리지 않았다. 한 번쯤, 나림이에게 바다를 보여주고 싶었다.

꿈속으로 거북이 한 마리 기어들어 왔다. 누군가 따뜻한 손으로 내 심장을 쥐었다. 모래밭을 지나 거북은 천천히 바다로 기어들어 갔다. 바닷물은 쓰고 짭짤했다. 돌멩이를 품은 거북은 바다 밑으로 가라앉았다. 바다 밑은 고요했다.

죽음은 끝났다. 괜찮다. 나는 더 이상 어떤 죽음도 겪어내지 않아도 된다.

해변으로 밀려 나온 거북의 사체에 게들이 달려들었다. 껍질 속으로 기어들어 거북의 살점을 뜯었다. 돌멩이 같은 껍질만 남았다.

4. 관계자 외 출입 금지

열 손가락 깨물어 안 아픈 손가락 없다죠. 깨물어보기 전까지는 모를 일이에요. 어쩌다 그런 아일 길렀느냐고 따져도 할 말 없어요. 사람이 아니라 짐승을 길렀어, 라고 해도 묵묵부답일밖에요. 그런 딸을 둔 건 죄죠. 하지만 자식을 겉 낳지, 속 낳나요? 나도 묻고 싶어요. 전 어쩌다 그런 애 엄마가 되었을까요?

선주는 정말 멀쩡한 아이였어요. 그러니 선주보고 괴물이니 정신병자니 하는 건 말도 안 돼요. 내 속으로 난 자식인데 제가 모를 리 있겠어요. 말수가 적고 소극적이었지만 유별난 아이는 아니었죠. 첫째 선미는 약골이라 병을 달고 살았고, 막내 선호는 장난꾸러기였죠. 두 아이 앞가림해 주느라 정신이 없었어요. 선호는 방바닥에 밀가루를 쏟아놓고 눈밭을 만들거나 동네 유리창을 도맡아 깨고 다녔죠. 아픈 선미를 업고 선호가 저지른 사고 뒤처리를 한 적도 부지기수예요. 병원비와 유리창값 모두 만만치 않았죠. 뼈저리고 속 쓰렸어요. 선주는 그동안 집에서 혼자 놀았어요. 첫째와 막내를 뒤치다꺼리하다 보면 선주는 공짜로 기르는 것 같았어요. 편애를 했느냐고요? 아뇨. 손이 덜 갔을 뿐이에요. 우는 아이 젖 준단 말 있죠. 울지 않는 애한테 억지로 젖 물릴 필요 있나요?

선미가 한 살 때 애 아빠는 아들을 만들어보자고 했지요. 첫째 기르는 데 지쳐서 애를 만드는 과정을 즐기지도 못했어요. 다 쓴 치약을 억지로 짜내는 식이었죠. 간신히 칫솔질 한 번 할 만큼 짜내고 선미 아빠는 잠들었어요.

열 달 뒤 선주가 태어나고, 남편은 딸딸이 아빠가 되었어요. 실망한 기색이 역력했죠. 주문한 음식 대신 다른 음식이 나왔지만 숟가락을 꽂았으니 어쩌겠어요. 끝까지 퍼먹어야죠. 선주는 제 처지를 아는지 보채지도, 말썽을 부리지도 않았어요. 자다가 깨면 제 언니는 울어대는데, 선주는 누워 멀뚱멀뚱 천장만 올려다봤죠. 벙어리인가 걱정도 되었어요. 선미 아빠는 선주를 볼 때마다 저게 아들이었어야 딱딱 맞는데, 중얼거렸어요. 그렇다고 없는 걸 만들어 달아주나요. 선미 아빠는 내 사주에 사내애는 없나 보다, 그래도 제삿밥 못얻어먹는 귀신이 되고 싶진 않다, 팔자타령까지 늘어놓았죠.

삼세번. 우리 부부는 분발했어요. 아이 둘을 끼고 암자를 찾아다니며 기도하고 여근곡을 바라보며 정기도 들이마셨죠. 한약을 다려 먹고 돌부처 코도 갈아 먹었어요. 잇새에 낀 돌가루를 이쑤시개로 파내고 물로 헹궈냈죠. 구역질이 나서 병원에 가니 육 주차라 했어요. 버스를 타고 시 외곽에 있는 산부인과를 찾아갔지요. 의사 말마따나 수술은 뚝딱 끝났어요. 미역국을 훌훌 마시는 동안 내 등을 두드려주는 선미 아빠에게 애는 다신 안 만든다고 했어요. 하지만 입맛 없다고 아예 수저를 놓을 순 없잖아요. 부부관계가 어디 그런가. 엎치락뒤치락하다 보니 아이가 또 들어섰지요.

선미 아빠는 선호가 태어난 날 동네 사람들과 술을 퍼마셨어요. 술 냄새를 풍기며 입을 맞춰대기에 밀어내긴 했지만 내심 뿌듯했죠. 야구광인 선미 아빠는 세 아이를 투 스트라이크 원 볼이라고 불렀어요. 선미 아빠는 술을 많이 마시고 집에 오면 야구만 보고, 걸레질 한 번 안 하고 애들이랑 놀아 주는 법도 없었지만 좋은 사람이었어요. 동네 청년들은 그를 형님이라 따랐고, 노인들은 듬직하다고 칭찬했어요. 쥐꼬리만 한 월급이지만 꼬박꼬박 갖다 주고, 한눈 안 팔고, 세간을 때려 부수지도 않았죠. 언니는 사흘이 멀다 하고 전화를 걸어 형부 땜에 못 살겠다고 했어요. 형부는 일이 안 풀리면 굿을 하듯 언니를 두들겨 팼거든요. 전화를 끊고 나면 내가 시집을 잘 갔다는 생각이 들었죠. 내 자랑을 늘어놓을 때마다 언니는 속이 끓어올랐겠지만, 어쩌겠어요. 언니가 선택한 인생인데.

선미 아빠는 선호가 열한 살 때 정관수술을 받았어요. 묶고 온 날 그이는 하루 종일 아랫목에 누워 투덜거렸어요. 남자 인생은 끝장났다는 거예요. 신도시 아파트에 입주하려면 증명서를 내야 하는데 어쩌라고요. 더는 애를 낳지 못한다는 증거가 있어야 당첨 가능성이 높았거든요. 비록 자식을 셋

이나 낳았지만 앞으로는 절대 낳지 않겠습니다, 라는 증거가 필요했죠.

내 인생에서 가장 기쁜 날은 선호 낳은 날과 아파트 입주권이 당첨된 날이었어요. 그 두 날만 번갈아 돌아온다면 인생, 살 만하죠. 그런데 나를 위한 날들로만 달력을 찍어낼 순 없지요.

그 사건은 새 아파트 입주를 한 달 앞두고 터졌어요. 그날 오전 내내 시내 백화점을 돌아다녔어요. 세탁기, 텔레비전, 침대도 사야 하는데 예산은 턱없이 부족했어요. 새 아파트에 들어가니 세간도 싹 갈아치우고 싶은데 말이죠. 선미 아빠는 차도 한 대 뽑자고 잠자리에서 날 구슬렸지만 자판기 커피도 아니고 그 비싼 차를 홀랑 뽑을 수 있나요. 앞으로 십 년 동안 대출금을 갚아야 하는 처지임을 강조하고 차는 선미가 대학에나 들어가야 넘보자 했죠. 선미 아빠는 헤아리더니 기겁하고 돌아눕데요.

백화점 세 군데를 돌아다닌 끝에 세탁기는 동네 대리점에서 사기로 결정했어요. 남편의 후배라는 총각은 세탁기와 텔레비전을 사면 카메라는 반값에 주겠대요. 아파트 주민들은 주말마다 피크닉을 가서 사진을 박는다는데 우리라고 빠질 순 없죠. 가족사진을 거실에 걸어두면 얼마나 오붓할까. 기분을 내려고 지하도 입구에서 바나나도 샀죠. 여섯 개니까 공평하게 두 개씩 나눠주자. 내친김에 저녁은 불고길 먹자.

우리 동네에는 식육점이 딱 하나밖에 없었어요. 양품점 여자 말이, 식육점 남자는 색맹이래요. 빨강색과 초록색을 구별 못한다니까, 푸주한으로 제격이죠. 죽은 고기도 저치 눈엔 푸릇푸릇할 거 아니에요. 육절기 레버를 내리자 고기가 한 장씩 펼쳐졌어요. 거스름돈으로 받은 지폐에는 핏물이 배어 있었죠.

풍로 심지를 돋우는데 전화벨이 울렸지요. 담임은 횡설수설했지만 여하간 선주가 누군가를 다치게 했다더군요. 별일 아닐 거야. 택시를 타고 가며 방정맞은 생각들을 찍어 눌렀지요.

안내 데스크에 물어 수술실 앞으로 찾아갔죠. 복도 구석에 산발한 여자가 쪼그리고 앉아 있더군요. 차마 말은 못 걸고 복도 끝 의자에 걸터앉았죠. 간간이 여자의 울음소리가 들렸어요. 천장 형광등 불빛은 푸드득거리고 다리는 후들거렸죠.

수술실 문이 열리자 의사가 나왔고 여자를 따라 나도 자리에서 일어났어요. 여자가 매달리자 의사는 마스크를 한쪽 귀에 걸고 뭐라 이야기하데요. 여자가 복도에 주저앉자, 내 가슴도 덜컹 내려앉았죠. 다시 수술실 문이 활짝 열리고 침대가 밀려 나왔어요. 아이는 머리에서 발끝까지 시트를 뒤집어썼어요. 여자는 침상에 달라붙어 내 옆을 지나갔어요. 아이의 한쪽 손이 시트 밖으로 떨어져 내렸어요. 창백한 하얀 손은 핏물 빠진 돼지발 같았어요. 나는 고개를 돌렸어요. 내 앞을 지나가는 여자에게서 지독한 파마약 냄새가 났지요.

옷가지와 안티프라민을 챙겨 경찰서로 갔어요. 물을 틀고 수도꼭지 밑에 선주 머리통을 들이밀었죠. 세면대에 핏물이 흘렀어요. 내 손도 핏물에 잠겼죠. 아이 몸에는 상처 자국 하나 없데요. 손톱 두 개가 덜렁거리고 손가락에 박힌 가시가 전부였어요. 나는 비로소 아이가 무슨 짓을 저질렀는지 실감했어요. 울면서 주먹으로 선주 등을 두드렸네요.

"이 미친 기집애, 어쩌자구."

형사는 선주가 통 입을 열지 않는다고 했어요. 으름장도 안 통한대요. 애도 놀랐을 테니 달래고 조사를 받으면 안 되겠냐고 통사정했어요.

"아주머니, 상황 파악 안 돼? 당신 딸이 칼로 사람을 찔렀어. 엉?"

제가 혼을 낼 테니 형사님은 좀 기다려달라고 부탁했죠.

"사람을 죽였어. 이게 군밤 몇 대 쥐어박고 끝낼 일이야, 엉?"

선주가 고개를 들고 멍하니 바라보데요. 차라리 대놓고 울기나 했으면 동정이라도 받지. 나는 우리 가족이 아무 문제 없다는 걸 증명해야 했어요. 한 달에 한 번씩 외식을 하고, 부부 싸움도 안 하고 선미와 선호는 공부를 잘합니다. 알뜰하게 살림을 해 곧 아파트에 입주할 거구요.

"그러니까, 별문제가 없는 집에서 별 탈 없이 자란 애가 사람을 죽였단 거네, 아줌마?"

신문에서는 지옥에서 자란 애가 악마가 되고, 천국에서 자란 애는 천사가 된다고 하데요. 모든 게 완벽한 가정이 있을 수 있나요. 그런 건 천국에나 있을 거예요.

담임은 죽은 아이가 교우 관계도 좋고 모범생이었대요. 정말 아까운 아이라고 중얼거렸어요. 죽으면 아깝지 않을 아이가 있나. 어쩜, 죽을 만한 까닭이 있었을 수도 있고. 내막을 캐물으니 담임은 선주가 따돌림을 당했을 수도 있다대요. 따돌림, 곰곰이 생각해봤죠. 선주는 그런 눈치를 준 적이 없는데.

천만다행으로 어린 선주는 감방살이는 면했어요. 이웃들은 수군거렸고 우리 가족 전부를 싸잡아 죄인 취급했어요. 선미는 살인자의 언니, 선호는 살인자의 동생, 나와 남편은 살인자의 부모가 되었죠.

부모라도 아이의 됨됨이까지 책임지진 못해요. 어린아이의 행복은 그래, 무책임하다는 데 있어요. 책임지지 않아도 되니까 비난도 안 당하죠. 책임은 부모가 옴팡 뒤집어쓰는 거죠. 독박이에요. 하지만 부모도 뭘 낳을지 낳아봐야 알죠. 포장을 뜯지 않는 한 무슨 선물을 받았는지 모르죠.

모자를 눌러쓰고 코 밑까지 스카프를 친친 감고 구멍가게에 갔어요. 언니, 언니 했던 구멍가게 여자는 텔레비전만 보대요. 대문은 금세 낙서로 도배질됐어요. 보증금을 빼줄 테니 당장 이사 가라는 주인 여자에게 아파트 입주까지만 참아달라고 사정사정했죠. 페인트를 사다가 대문의 낙서를 지웠

지요. 시너 냄새에 구역질이 나고 골이 지끈거렸어요. 전화 코드도 뽑아놨죠. 생판 모르는 사람까지 어떻게 번호를 알았는지 전화를 걸어 자식 교육을 똑똑히 시키라고 설교를 늘어놨고, 전주에 산다는 늙은이는 선주를 남대문 한복판에서 총살시키자고 했어요. 처음에는 설설 기었지만 울화가 치밀데요. 댁들이 죽은 아이랑 무슨 관계라도 있어?

애들 아빠는 주구장창 술만 퍼마시고 걸핏하면 고함을 질렀어요. 날 잡아 앉혀놓고 자식 교육을 어떻게 시켰냐며 삿대질했죠. 억장이 무너졌죠.

"봐요, 선미 아빠. 나 혼자 쟬 만들었어? 당신 자식이잖아!"

말을 마치기가 무섭게 주먹이 날아왔고, 달아나자 머리채를 잡데요. 문지방에 서서 우는 선미와 선호를 보고 부러 비명을 지르고 자빠졌어요. 또 주먹을 들기에 팔뚝을 꽉 물어줬죠.

이 양반아, 억울하고 답답하기는 나도 마찬가지야. 텔레비전에 나가 대국민 담화문이라고 발표하고 싶어. 본인은 아이들을 문제없이 키웠습니다. 애정과 이해와 인내로 기르면 아이들은 행복해지고, 사회에서 제 몫을 하는 유능한 어른이 될 거라고 확신했습니다.

그런데 이게 뭐람. 누가 나한테 자식 농사 잘 지었다고 표창장을 주겠어요. 선호와 선미는 자기들까지 괴물 취급을 당한다고 볼멘소리나 해댔죠. 선미는 앓아누웠고, 선호는 선주에게 소리를 질렀어요. 차라리 누나가 죽었으면 동정이라도 받았을 거라고 막말까지 하더군요. 선미 아빠는 걸핏하면 선주에게 손찌검을 했지요.

사주에 부모와의 연을 끊는 자식도 있다 하대요. 안쓰럽기도 했지만 솔직히 그 애가 무서웠어요. 저 아이의 속에 뭐가 있기에 그런 무서운 짓을 저질렀을까. 선주와 맞닥뜨리면 수풀에서 뱀을 밟은 것 같았어요. 선주야, 기분은 어때? 바람 좀 쐬고 올래? 먹고 싶은 건 없니? 뭘 물어도 벙어리처럼 답이 없데요. 산에서 소리치면 메아리라도 돌아오지. 앞에 앉혀놓고 탁 터놓고 이야기하고 싶단 생각도 없진 않았죠. 그러나 막상 뚜껑을 열었을 때 무엇이 나올지 겁도 났죠. 말을 하라고 닦달했지만, 사실 끝까지 입을 다물어주길 바랐어요.

선미는 베개를 안고 안방으로 옮겨 왔지요. 선주가 자다가 비명을 지른다는 거예요. 방으로 들어가 잠든 아이를 내려다 보았어요. 괴로워하는 기색이 역력했죠. 하지만 엄마라고 해도 아이 꿈속까지 동행할 순 없잖아요.

아무리 지독한 악몽이라 한들 깨면 잊혀지겠죠. 구정물도 놓아두면 바닥에 흙이 가라앉고 위에는 맑은 물만 남잖아요. 선미와 선호는 시댁에 보냈어요. 시어머님은 선주는 맡기 싫다고 하셨어요. 아니, 선주가 남인가? 저야 섭섭할밖에요. 어쨌든 한 핏줄이니 쓰건 달건 받아들이셔야죠. 그게 가족 아닌가?

선주를 데리고 매주 화요일마다 병원에 가야 했어요. 경찰서에서는 보호자가 책임지고 정신과 치료를 받게 해야 한다고 했으니까요. 싫다 할 수 없었죠. 그대로의 선주와 같이 사는 것은 저도 불편했으니 예전처럼은 아니어도 적어도 겉보기엔 정상적인 아이처럼 되길 바랐죠.

경성 제국대학을 나왔다는 의사는 일본어를 섞어가며 설명했지만 알아들을 수 없었어요. 의사는 점원이 손님을 상대하듯 아이들을 대하라고 했죠. 이를테면 어떤 점원도 놓고 간 우산을 찾으러 온 손님에게 "너, 나이가 몇 살이야? 정신을 어디 두고 다니는 거야?"라고 윽박지르지는 않는다는 거예요. "우산 여기 있습니다, 손님. 오늘도 좋은 하루되십시오."라고 친절하게 응대한다는 거죠. 근데요, 선생님. 점원은 손님 때문에 욕 안 먹죠. 손님이랑 한집에 안 살죠. 돈과 물건을 주고받는 사이라면 차라리 속 편하겠어요.

의료보험이 적용되지 않으니 치료비 감당도 어려웠어요. 냉장고랑 세탁기는 물 건너갔죠.

답답한 마음에, 언제까지 이럴까요? 물었더니 의사는 평생 헤어 나오지 못할 수도 있다고 하더군요. 아이들 마음은 시멘트 같아서 발자국이 나면 그대로 굳어버린대요. 밑도 끝도 없이 뒤치다꺼리를 해야 한다니 눈앞이 캄캄했죠.

구멍가게 앞에서 나림이 엄마를 보았어요. 뒤집힌 비닐우산은 팽개치고 달렸어요. 대문에 또 낙서가 되어 있데요. '살인자, 죽어라!' 알리바바와 사십 인의 도적. 수소문하지 않아도 이 집이 선주 집이란 걸 누구든 알 수 있을 거예요.

대문 앞에 선주를 세워두고 지폐를 쥐어주었어요. 엄마가 찾으러 갈 때까지 어디든 가 있으라고 해도 이 고집불통은 꼼짝도 하지 않았어요. 나도 모르게 손이 올라갔어요. 빰을 후려 맞아도 선주는 도통 움직이지 않았어요. 어디다 아이를 숨기나? 집 뒤로 돌아가면 지하실이 있어요. 나는 아이를 끌고 거기로 갔어요. 문을 열자 연탄가스 냄새가 났어요. 게다가 동굴처럼 깜깜했죠. 하지만 어쩌겠어요. 손목시계를 풀어 주머니에 넣어주었어요. 조금만 참아라. 나는 지하실 문을 닫고 돌아 나왔어요.

여자는 우산을 탁탁 털고 신발장 옆에 세워두더니, 차를 어디다 세워야 하냐고 묻데요. 밖으로 나가니, 대문 앞에 검은 차가 보이데요. 와이퍼가 삐걱거리며 빗물을 쓸고 있었지요.

"이 골목을 빠져나가 슈퍼에서 좌회전해서 직진하다가 나오는 세 번째 교차로에서 목욕탕이 있는 길로 들어가시면 되거든요."

비를 옴팡 맞아 몸이 으슬으슬 떨렸어요. 차는 꼼짝도 안하고 보닛 위에 빗발이 콩알처럼 튀어 올랐죠. 못 들었나? 따라오라고 손짓을 했지요. 슬리퍼는 찌걱거렸고 차는 내 뒤를 바짝 따라왔죠. 외진 골목을 걷다 보니 등골이 오싹해졌죠. 여기서 차가 사람을 치고 달아나도 목격자는 없어요. 죽은 아이의 아버지가 어떤 생각을 하고 있을지 내 어찌 알겠어요. 그는 경찰서에서 이 세상에 나쁜 개는 없지. 다 길을 잘못 들인 주인 잘못, 이라고 했어요. 그때는 이 상황에서 왜 그런 멋 부린 말을 하나 뜨악했는데, 그제야 알았죠. 시체야 트렁크에 넣으면 그만. 핏자국이 남아 있다 한들 그게 똥개 핀지, 사람의 핀지 모르죠. 물 한번 뿌리면 금세 사라질 텐데. 사람들은 내가 양심의 가책에 시달리다 어디로 달아났다고 생각할지도 몰라요. 걸음은 점점 빨라졌고, 웅덩이에 발을 헛디뎌 흙탕물이 튀어 올랐어요. 여기서 개죽음당하면 불쌍한 우리 애들은 어찌 살라고요. 골목 끝으로 빠져나오자 식육점이 보였지요. 식육점의 붉은 불빛이 그렇게 반가울 수 없었어요.

집으로 돌아와 보니 아이 방은 굶주린 짐승을 풀어놓은 것 같았어요. 장롱 서랍은 뽑혔고 옷가지는 뒤엉켰고 책장의 책도 바닥에 흩어져 있었죠. 벽에 걸어둔 선주와 선미 돌 사진까지 패대기쳤더군요. 나림이 엄마는 날 보자마자 선주를 내놓으래요. 시골에 갔다고 하니, 거짓말하지 말래요. 제발 믿어달라고 했더니, 여자는 일어서서 벽에 붙은 브로마이드를 뜯어

발기발기 찢었어요.

"그건 선주가 아니라 선미 건데."

죄송하다고 해도, 미안하다고 해도, 죽을죄를 지었다고 해
도, 차라리 죽여달라고 해도 여자는 들은 척도 하지 않았어
요. 무릎을 꿇고 빌었어요.

"본의 아니게 피햏 드려서⋯⋯. 어떤 말로 사죌 드려
야⋯⋯."

별안간 여자가 내 앞에 엎드렸어요. 나는 당황해서 뒤로 물
러섰죠.

"빌고 싶은 건 오히려 저예요. 이렇게 빌 테니 나림이를
돌려주세요. 십이 년 동안 고이고이 기른 아이입니다. 돌려
만 준다면, 뭐든 할게요."

드라마의 한 장면이라면 나는 울었을 거예요. 자식 기르는
처지에 그 심정을 모르겠어요. 하지만 나는 선주 엄마예요.
어떻게든 선주 편을 들어줄 의무가 있죠. 울다 지쳐 쓰러진
나림이 엄마를 나림이 아빠가 끌고 나갔어요.

열한 시가 넘어 남편이 돌아왔어요. 그이는 난장판을 둘러
보더니 담배부터 물데요.

"선미랑 선호는 어쩌고."

"어디 멀리 달아날까?"

"이 집은……."

"불 지르고 다 같이 죽을까?"

"……."

조금만 참으면 다 잘 풀릴 거예요, 여보. 조금만 더 참아봅시다. 담배 연기만 무럭무럭 천장 쪽으로 올라갔어요. 텔레비전에서는 애국가가 흘러나왔어요. 그제야 선주 생각이 났어요. 밖에는 비가 내리고 사방은 고요하고.

지하실 문을 열고 아이를 불렀지만 대답 소리는 들리지 않았어요. 손전등을 비춰도 보이지 않았어요. 인기척이 느껴지질 않았어요. 나는 계단으로 내려가 상자 틈과 연탄 더미 사이를 뒤졌어요. 딸꾹질 소리가 들렸어요. 선주는 쪼그리고 앉아 시계에 귀를 대고 있었어요. 팔을 잡자, 아이는 봉제 인형처럼 끌려나왔어요.

"선주야."

아이는 나를 아주 낯선 사람처럼 바라봤어요. 그러곤 딸꾹질을 시작했어요.

"시끄럽다고, 그만 좀 하라고!"

딸꾹질을 멈추지 않는 선주에게 남편은 고함을 질렀죠. 선주를 두드려 패는 남편을 말리느라 그날 밤을 꼬박 샜어요.

언제 나림이 엄마가 들이닥칠지 몰라, 밤잠도 깊이 자지 못했죠. 그렇게 하루하루 보내니, 이사 날짜가 되었어요. 동틀 녘에 이삿짐 트럭이 골목을 빠져나갔죠. 나는 짐칸에 앉아 멀어져가는 동네를 바라보았어요. 앞으로 절대 이 동네에는 발을 들여놓지 않을 거다, 퉤.

저녁을 먹고 있는데 인터폰이 울렸어요. 문구멍으로 내다보고는 기겁했죠.

"그 여자야!"

"여긴 어떻게 알고."

남편은 허겁지겁 안방으로 들어갔고, 나는 불을 껐지요. 여자는 발로 문을 차데요. 새 현관문에 발자국이 찍혔죠. 경비실에서 신고가 들어왔다며 인터폰이 왔어요. 아이들을 방으로 몰아넣고, 문을 열어주었지요.

선미 아빠는 소파에 앉아 담배를 물었어요.

"도망가면 못 찾을 줄 알았어?"

나는 오래전부터 계획했던 이사라고 말했지만 여자는 들은 척도 하지 않았어요.

"내가 너희들 잘살게 내버려둘 거 같아? 104동에 나림이 숙모가 살아. 네 딸내미가 살인자란 걸 조만간 이 단지 사람 모두 알 게 될걸."

선미가 나와 울면서 소리를 질렀어요.

"아줌마, 해도 해도 너무하세요."

"뭐가 너무한데?"

"우리가 무슨 잘못을 했다고."

"니들 새끼고, 네 동생이잖아."

선호가 방에서 나와 후다닥 화장실로 들어갔어요.

"네 새끼들 다니는 학교도 다 알아뒀어."

"우리는 재랑 아무 상관없다고요!"

선미는 울면서 방으로 돌아갔어요. 선미 아빠는 재떨이에 담배를 비벼 끄고 일어섰어요. 선미 아빠가 보상금 이야기를 하자 나는 질겁했어요. 이 아파트 들어오느라 끌어다 쓴 빚도 만만치 않은데.

"돈이면 다야? 거지같은 것들!"

"그럼 우리보고 어쩌라고!"

선미 아빠는 소리를 버럭 질렀어요. 나는 목소리 좀 낮추라고 손짓했어요. 옆집에는 부녀회장이 산단 말입니다.

"이봐, 아줌마. 우리도 할 만큼 했어."

여자는 미친 듯이 웃어대는 거예요.

"할 만큼?"

선주 아빠는 방으로 달려 들어가 선주를 끌어냈어요. 다그쳐도 선주는 입을 열지 않았어요. 죄송하다는 말 한마디가 뭐가 그리 어렵다고. 남편은 선주 팔을 비틀어 잡고 여자에게 떠밀었어요.

"당신 맘대로 해."

선주는 몸부림쳤지만 선미 아빠는 아이를 떠밀었어요. 선주는 여자에게 안겼지요. 여자는 벌레라도 만진 것처럼 뒤로 물러섰더니, 선주를 핸드백으로 후려쳤어요. 선주는 몸을 웅크렸죠. 차라리 때려서 분이 풀린다면, 그걸로 마무리된다면. 선주가 견뎌주기만을 바랐죠. 선주는 나무처럼 서서 매를 맞았어요. 입가에서 피가 흘러내렸어요. 내가 말리려고 하자 남편이 내 팔을 잡았어요.

"그래, 어디 끝까지 가보라고. 아줌마 딸이 죽었으니 얘도 죽여. 그럼, 분이 풀리겠어?"

선주는 고개를 들어 남편을 바라보았어요. 딸꾹질을 다시 시작했어요. 여자는 거실에 주저앉아 통곡했죠.

그날 이후 등화관제 훈련이 시작됐어요. 불빛이나 말소리가 새어 나갈까 봐 저녁마다 조마조마했죠. 선주 아빠는 회사에서 해고당했어요. 가화만사성 운운했다지만, 알고 보니 사장이 나림이 아빠 동창이었죠. 선미 아빠는 술을 퍼마시고 날마다 난장을 쳤죠. 어쩔 수 없이 아이들과 강원도의 시댁으로 갔어요. 두 아이는 언제 집으로 돌아갈 수 있느냐고 물었어요. 선미는 할머니 잔소리가 싫다며 투덜거렸고, 선호는 할머니한테 큼큼한 냄새가 난대요. 어머님은 어떻게 길렀기에 아이들이 하나같이 이 모양이냐고 분통을 터뜨렸죠. 열불이 났지만 참아달라고 부탁할 수밖에요. 그 여자가 언제 또 나타날지 모르는 판국에 아이들을 집에 둘 순 없었죠. 낮에는 밭을 매고 저녁에는 다림질, 마당 쓸기, 군불 때기까지 새경 한 푼 못 받는 하녀 노릇을 했죠.

콩대를 아궁이에 밀어 넣는데, 서울에서 전화가 왔어요.

부녀회장의 말을 듣고 나는 집으로 올라갔어요.

문은 열려 있었어요. 거실은 멀쩡했지만 매캐한 냄새로 가득했죠. 불이 난 곳은 선주의 방이었어요. 방바닥에 물이 흥건하고 그을린 자국은 담쟁이처럼 벽을 타고 천장까지 이어졌어요. 꽃무늬 벽지가 타들어가고 시멘트벽이 드러났죠. 매캐한 냄새와 타다 남은 흔적. 분명 내 집인데, 남의 집 같았어요. 바닥엔 반쯤 타들어간 이불 뭉치가 놓여 있었죠. 선주가 덮고 자던 이불. 병원으로 달려가 보니, 남편은 일 층 로비에 앉아 있데요.

"너무 힘들어서 그랬어."

선미 아빠는 두 손으로 얼굴을 문질렀어요. 아이와 죽을 작정이었대요. 자기가 만든 자식이니, 책임지겠다고 작심했다죠. 살려달라는 아이 고함 소리를 듣고 옆집 여자가 경비원이랑 찾아왔답니다. 그 덕에 애가 목숨을 건졌던 거죠. 눈썹이 그슬리고 앞머리가 뭉툭해진 것 빼고 선미 아빠는 멀쩡했어요. 선주는 화상 병동에 입원해 불이 붙었던 오른팔에 엉덩이 살을 떼어내 피부 이식을 했어요.

아이는 말없이 창밖만 줄곧 내다보았어요. 창밖에는 아무

것도 보이지 않았어요. 언덕 꼭대기에 있는 병원 건물 십일 층 창밖으로 보이는 건 구름밖에 없었지요. 옆 침상의 형진이 엄마가 묻기에 불장난 때문에 다쳤다고 둘러댔지요. 형진이 엄마는 이 세상에서 가장 나쁜 짓은 불장난이라고 했어요. 형진이가 모기향으로 신문지에 구멍을 뚫다가 집도 홀랑 태워먹었대요. 석 달째 입원 중이고 수술도 네 번 받았는데 입술과 코가 녹아 예전 얼굴을 찾기 어려울 거래요. 나는 형진이 얼굴을 똑바로 본 적이 없었어요.

형진이 아버지는 한 번도 찾아오지 않았어요. 형진이의 머리맡은 예수상이 지키고 그 애 엄마는 이 세상에 믿을 건 주님밖에 없다고 했어요. 밤에 눈을 뜨면 형진이 엄마의 기도 소리가 들렸어요. 내 귀엔 누군가 차라리 간절히 죽길 바라는 기도 같았지요. 이불을 뒤집어쓰고 귀를 틀어막았어요.

아침에 형진이 엄마가 보이질 않기에 형진이를 부축해 오줌을 뉘어줬죠. 주사 놓으러 왔던 간호사는 형진이 엄마가 달아났대요. 밀린 병원비는 삼백만 원이라네요. 사과를 깎아주었지만 형진이는 손도 대지 않았고 갈변한 사과 조각은 버려졌지요. 형진이는 침대 위에 부처상처럼 앉아 사회복지사를 기다렸어요.

선주 팔에는 상처가 남았어요. 이 정도 상처가 대수냐. 누구나 몸에 서너 개의 흉터가 있는 법이야. 봐라, 자전거를 타다 선호는 전봇대를 들이박고 이마를 열두 바늘 꿰맸고, 언니의 배에는 맹장수술 흉터가 있지.

간호사는 퇴원 수칙을 일러주며 하루에 한 번씩 멸균 가제로 드레싱을 해주랬지요. 선주를 업고 병원을 나섰어요. 사방에 매미 우는 소리가 들려왔지요. 열두 살짜리 딸은 너무 무거웠어요. 하지만 미끄러져 내리는 아이 궁둥이를 쓸어 올리며 택시 정류장까지 걸어갔죠. 매미가 울어댔어요. 내 등은 땀으로 척척해졌지요. 아이를 택시 뒷좌석에 밀어 넣자, 등에 날개라도 돋은 듯 몸이 가뿐했어요.

아이의 화상 자국은 시간이 지날수록 희미해졌어요. 아문 상처 위를 분홍빛 살갗이 팽팽히 덮었어요. 마치 비단결처럼 번들거렸지요. 하얀 살 속의 얼룩은 눈 녹은 자국처럼 보였어요. 눈밭에 앉았다 일어나면 엉덩이 모양대로 눈이 녹고, 흙이 드러나잖아요. 죄를 짓고 나서야 사람들은 이 세상에 죄인들이 많다는 걸 깨닫게 되죠. 완벽한 순백의 눈은 없어요. 선미 아빠는 선주의 팔뚝을 볼 때마다 고개를 돌렸어요.

우리는 도망가기로 했어요. 옛날에 죄지은 자들은 섬이나 산골짜기로 유배를 갔다지요. 하지만 우리는 귀양 가는 게 아니라 새로운 땅, 우리에게 새로운 삶을 열어줄 신천지로 가는 거라고 믿었죠. 비행기가 이륙하자 아이들이 잠들었어요. 옆자리의 남편은 자기가 만든 상처 자국 때문에 선주를 버릴 수 없다고 말했어요.

창밖으로 구름 덩이가 흘러갔어요.

5. 일인용 분실물 센터

소녀는 눈을 감았다.

여기는 안드로메다 성운의 다섯 번째 나선 팔.

빛의 속도로 날아가도 지구에 다다르는 데 백십만 년.

승무원 전원이 고치 모양의 캡슐에 들어갔다. 뚜껑이 내려가면 급속 냉동된다.

홀로 남은 선장은 창밖의 막막한 어둠과 마주하며 커피를 마신다.

항로에 피할 수 없는 암석들이 날아든다.

자동항법장치로 궤도를 바꾸지 못한다.

잠든 채 죽은 사람들. 깨어서 홀로 죽은 사람.

빈 커피 잔.

아무도 구조 신호에 답하지 않았다.

우주 공간에서 한 점, 빛이 반짝였다. 파편의 섬광.

마지막 음이 사라진 뒤의 정적.

소녀는 어둠을 향해 거수경례했다.

*

비행기에서 내렸으나 마중 나온 사람은 없었다. 소녀의 가족은 공항 대합실의 의자에서 하룻밤을 새웠다. 다음 날 아침에 나타난 브로커는 변명을 늘어놓았다. 이국에서 첫날부터 한뎃잠을 잔 어머니가 따지자 수수료를 깎아주겠다는 제안으로 사태가 무마되었다. 그러나 점찍어두었던 세탁소가 다른 사람에게 넘어갔다는 소식에, 아버지는 브로커의 멱살을 잡았고, 아연실색한 어머니는 공항 바닥에 주저앉았다. 도시 외곽의 모텔은 지저분했고 간간이 총성이 들렸다. 며칠 뒤 브로커는 주유소에 딸린 상점을 소개해주었다. 주인이 며칠 전 복면강도에게 살해당했고, 유족들은 진저리를 치며 귀국을 준비하고 있다 했다. 가게를 헐값에 내놓은 것도 그 때문이란다. 절호의 찬스를 놓칠 수 없었다.

수상쩍은 손님들이 드나들자, 아버지는 사격 연습을 시작했다. 총소리가 들리면 돌멩이만 날아갔다. 총은 계산대 옆 서랍으로 들어갔다. 폭도들이 한인 상점을 습격한다는 소식에 아버지는 총을 다시 꺼내들었다. 나무판자로 가게 문을 가로질러 막았다. 하루 만에 아버지는 장도리로 못을 뽑았다. 못 자국은 남았다. 어머니는 화장실 휴지통의 기기묘묘한 내용물에 경악했다. 벤치 옆 선인장 화분에 손님들이 쓰레기를 버렸다. 쓰레기통 아님, 푯말을 붙여놔도 개의치 않았다. 어머니는 선인장 화분을 가게 안으로 들여놨다.

*

그곳에서 소녀는 사만다로 불렸다.

사만다의 언니와 동생은 서로를 제인과 톰이라고 불렀다.

"톰, 이건 영어로 뭐라 하지?"

"이건?"

"아, 그렇군."

톰과 제인은 영한사전을 끼고 다녔다. 아버지는 전화위복, 어머니는 개중 다행이라고 뿌듯해했다. 사만다는? 언젠가 둘째 딸도 괜찮아질 것이다. 누구에게도 연락처를 알려주지 않았기에 김치나 고추장 단지가 든 소포가 오는 법도 없었다. 쌀은 부슬거렸고 고기는 기름졌다. 어머니는 비디오로 고국의 드라마를 보았다. 테이프들은 금세 늘어졌다.

소녀에게 사만다라는 이름을 붙여준 건 어머니였다. 미국 드라마의 주인공 사만다는 사립 고등학교의 치어리더, 아버지는 석유재벌, 수영장, 멋진 차가 열두 대, 독일산 셰퍼드가 잔디밭을 노니는 집에서 살았다. 드라마 속 등장인물은 모두 사만다를 사랑했다.

아이 셋은 일요일이면 똑같은 모양에 치수만 다른 트위드 코트를 입고 교회에 갔다. 좁다란 의자에 다닥다닥 붙어 앉았다. 어머니와 아버지는 사만다를 가운데 앉히고 눈을 감았다. 기도 시간에 사만다는 울긋불긋한 유리창을 올려다보았다. 천사의 날개는 초록색, 성모의 발은 노란색, 하늘은 빨간색, 면류관을 쓴 남자는 연두색으로 빛났다. 스테인드글라스를 통과해 들어온 빛은 교회당 안에 색색의 그림자를 드리웠다.

교회 입구의 벽감에 예수상이 서 있다. 그는 손가락으로 오른편 옆구리의 상처를 벌려 사람들에게 보여준다. 그는 인간 모두의 죄를 안고 스스로를 희생했다고 한다. 촛불은 가냘프게 떨렸다.

교회당 앞에는 포플러 나무가 일렬로 서 있고 그 끝은 묘지로 통했다. 교회 부속 묘지에는 신자나 신자 삼 인의 추천서를 받은 사람에게만 묻힐 자격을 준다. 묘비를 보면 사만다는 뺄셈을 했다. 생몰 연도, 죽은 해에서 태어난 해를 빼면 살았던 나날들이 헤아려진다. 사만다보다 어릴 때 죽은 아이는 모두 네 명. 동쪽 끝의 핀은 열 살에, 느릅나무 아래 오스먼은 여덟 살에, 케일럽은 태어난 해에 죽었다. 북쪽 끝에는 열두 살에 죽은 실비아가 묻혀 있다. 어떤 연유로 죽었는지는 알 수 없다. 묘판의 부조에는 두 명의 천사가 돌로 만든 리본으로 묶인, 돌에 새긴 화환을 맞들었다. 무표정한 얼굴은 비가 오면 잿빛으로 변했다.

*

'조심, 동물들이 길을 건널 수 있음'

표지판의 사슴 몸통에 빗금이 그어져 있다. 하루에도 몇 번씩 부주의한 짐승들이 차에 치어 죽었다. 뻥 뚫린 길에 차들이 전속력으로 달려간다. 라디오 볼륨을 최고로 올려라. 헤드라이트 불빛 속으로 토끼가 뛰어든다. 멀뚱히 이쪽을 보는 토끼를 지나, 차는 저쪽으로 간다. 아스팔트 위에 넓적하게 양탄자가 깔린다. 토끼의 살과 가죽은 길을 따라 늘어난다. 토끼의 조각은 차의 바퀴 밑으로 끌려 들어갔다. 바퀴에 살점이 묻어난다. 다음 교차로에서 운전자는 라디오 볼륨을 높인다. 시간은 토끼의 몸을 평평하게 늘인다.

클랙슨 소리가 들렸다. 빨간 머리 여자는 자동판매기에 넣을 동전을 바꿔달라고 했다. 차창 밖으로 아이들이 고개를 들이밀었다. 여자는 휴가를 즐기러 왔는데 왜 이런 귀찮은 일을 당해야 하는지 모르겠다고 투덜거렸다. 사만다는 지폐를 쥐고 가게 안으로 들어갔다. 금전등록기에서 동전을 꺼내며 창밖으로 보았다. 빨간 머리 여자가 트렁크에서 뭔가 꺼내고 있다.

밖으로 나오니 차는 사라지고 개만 남아 있다. 사만다는 주머니 속에 동전을 밀어 넣었다. 개는 몸을 둥글려 다리를 핥아댔다. 사만다를 보고 개는 으르렁거렸다. 검은 잇몸 새로 날카로운 이빨이 드러났다. 너를 해치려고 하는 게 아니라 도우려는 거다, 했지만 개는 궁둥이를 움직여 물러섰다. 개가 지나간 자리에 꿈틀꿈틀 핏자국이 났다. 뭉개진 다리가 몸뚱이에 매달려 끌려갔다. 소녀는 앞발을 덥석 잡고 개의 눈을 들여다보았다.

널 도우려는 거야.

개는 사만다의 손을 물었다. 사만다는 한 손을 개에게 주고 다른 손으로 눈과 콧등 사이를 쓰다듬었다. 개는 몸을 낮추고 낑낑거렸다.

아버지는 개를 갖다 버리려고 했다. 사만다는 트럭 뒤에 실린 개를 끌어안았다.

"앉아! 물어 와! 짖어! 굴러. 뭐야?"

톰은 절름발이 개는 쓸데없다며 내다 버리자고 했다. 다리가 셋인 개에게 잡힐 느려터진 새는 없다. 사만다는 개와 느린 산책을 했다. 개는 앞발 위에 얼굴을 올려놓고 사만다의 말을 들어주었다. 쓰다듬으면 털이 굼실거렸다. 개는 사만다의 후회와, 피아노, 슬픔과, 되돌아가고 싶은 시간들을 말없이 들어주고는 손등을 핥아주었다. 사만다의 미소를 보고, 제인은 개가 핥는 건 주인을 좋아해서가 아니라고 말해주었다. 야생의 어미 개는 새끼들이 입 주위를 핥으면 배 속에 넣어두었던 먹이를 토해낸다. 개가 핥는 건 본능 때문이야, 먹이를 구하려는.

아무렴, 어때. 개의 혀는 까끌까끌하고 따뜻했다.

휘파람을 불면 개는 절름대며 다가와 꼬리를 살랑거렸다. 사만다는 개의 얼굴을 두 손으로 감싸고 들여다보았다. 밤에 악몽을 꾸면 사만다는 한 손을 뻗어 개의 목덜미를 쓰다듬었다. 개는 언제나, 거기 있었다. 부드럽고 따뜻한 살덩어리, 살아 있는 것의 감촉.

개는 탱크로리 바퀴 밑에 빨려 들어갔다. 개의 목에서 사슬을 풀어준 것은 사만다였다. 들어 올리자 배 밖으로 푸른 빛, 자줏빛, 핑크빛 내장이 쏟아져 내렸다. 방금 물통에서 꺼낸 듯 물기로 번질거렸다. 개의 가슴이 들렸다 올라갔다. 개는 사만다를 보자 몸을 일으키며 낑낑거렸다. 입가로 피거품이 흘러나왔다. 개는 필사적인 눈빛으로 사만다를 올려다보았다. 살려달라고 말하는 것이다. 살릴 방법이 없었다. 사만다는 개를 안고 하늘을 올려다보았다. 개는 고통으로 신음했다.

사만다는 개를 상자에 넣고 사막으로 향했다. 꽃이 핀 선인장 아래에 자리를 잡았다. 삽으로 모래 구덩이를 팠다. 모래는 물처럼 구덩이 안쪽으로 흘러 들어갔다. 구덩이를 판뒤 상자 안을 살폈다. 아직 숨이 붙어 있었다. 사만다는 상자날개를 접고 곁에 앉았다. 한참을 기다려주었지만 울음소리는 검질기게 이어졌다.

톰은 아버지에게 누나가 삽으로 개를 때려 죽였노라고했다.

자정. 해가 뜨려면 아직 네 시간 더 기다려야 한다. 들릴락말락, 그러나 끊임없이 차들이 지나가는 소리가 이어졌다. 누군가는 이 밤에도 쉼 없이 어디론가 달려가고 있었다. 방에는 어둠이 들어찼다. 사만다는 상자 속에 든 개를 떠올렸다. 더 이상 아프지 않게 도와준 건, 잘못이 아니다. 개의 생각은 알 수 없었다. 원망했을까. 고마워했을까.

*

상점 벽으로 도마뱀이 기어 올라갔다. 도마뱀은 해를 향해 고개를 빳빳하게 들었다. 아버지는 보는 족족 빗자루로 후려 쳤다. 처음에는 벽에 자국을 남겼지만, 기절만 시키는 요령을 터득했다. 떨어진 도마뱀의 몸은 둥글게 말렸다. 아버지는 장화 발로 도마뱀을 쓰윽 문질렀다. 껍질 밖으로 도마뱀의 붉은 살점이 밀려 나왔다. 사만다는 도마뱀을 진공청소기로 빨아들였다. 텁텁, 진공청소기는 도마뱀을 씹어댔다. 뚜껑을 열고 털면 도마뱀 토막이 모래 위에 떨어졌다. 머리와 꼬리, 어깨가 붙은 앞발, 찢어진 뒷발이 각각 꿈틀거린다. 빵 가루에 굴리는 고깃점, 뒹굴뒹굴 구르는 도마뱀 살점에 모래가 묻었다.

도마뱀은 생명의 위협을 느끼면 꼬리를 끊어내고 달아난다고 했다. 하지만 이렇게 산산조각 나면 영영 살아나질 못한다.

햇빛은 사막을 쨍하게 비췄다. 달아나 몸을 숨길 곳은 어디에도 없다. 눈이 가서 머물 곳 없이 탁 트인 곳, 햇빛은 모든 걸 송두리째 드러냈다. 사만다는 가게 앞 벤치에 앉아 사막을 바라보았다.

콜라를 사 들고 마술사가 곁에 앉았다. 마술사는 종이로 만든 꽃을 건네주었다. 받아 드니 색색 리본으로 풀어졌다. '트위스터'. 상자에 여자를 넣어. 사방에 창과 칼을 꽂아 넣어 삼등분해. 상자를 돌려주면 여자는 멀쩡한 모습으로 튀어나온다. 아프지 않지만, 실감 나게 아픈 척을 해야 돼. 그래야 관객들이 몸서리를 치거든.

마술사는 파트너였던 늙은 여자가 달아나 곤란한 지경이라 했다. 너무 뚱뚱해서 상자 안에 들어가지도 않았단다. 욱여넣을 수도 없잖아. 상자 안에서 햄버거를 씹다 목에 걸려 죽을 뻔했다는 말도 보탰다. 차라리 잘됐어, 정말 쪼개버리고 싶었거든.

"네가 날 도와줄 수 있을 거 같은데."

마술사는 사만다의 조붓한 어깨를 감싸 안았다. 사만다는 뒤편의 가게 유리를 돌아봤다. 가족들은 이 층에서 이른 저녁을 먹고 있을 것이다.

"여기서 이렇게 사막만 보는 게 지겹지 않아?"

그는 자기가 탈출 전문가라고 했다. 자세한 건 차를 타고 가면서 알려주겠다고 했다. 길을 쭉 따라가면 사막 가운데 호텔과 도박장이 있단다.

'산타 바바' 모텔 간판의 전구알은 절반이 까맣다. 카운터의 여자는 에어컨이 있는 방은 요금이 두 배라고 했다. 사내는 사만다를 계단에서, 복도로, 모퉁이 방으로 이끌었다.

마술사는 콧수염을 뜯어내 침대 옆 탁자에 올려놓았다. 애송이였다. 줄을 당기자 천장의 프로펠러가 돌아갔다. 헬리콥터는 활주로 없이 제자리에서 떠오르고 있었다. 그는 일본말을 할 줄 안다고 했다. 사만다의 귓불을 잘근잘근 씹으며 몇 마디 일본어를 건넸다. 사만다의 귓가가 척척해졌다. 껍질이 없는 달팽이가 몸 위로 기어 다녔다. 사만다는 좁은 방구석에서 헐떡거리던 부모님의 모습을 떠올렸다.

사내가 잠들자 사만다는 욕실로 들어가 샤워를 했다. 구멍으로 흘러 들어가는 핏물을 들여다보았다. 가랑이 사이가 얼

얼했다. 샤워기를 밀어 넣었다. 핏물은 꿈틀거리다가 수챗구
멍으로 빨려 들어갔다.

사만다는 냉장고에서 맥주 캔을 꺼냈다. 탭을 당기자 거
품이 솟아올랐다. 맥주는 밍밍하고 썼다. 부모님에게는 톰
과 제인이 남아 있다. 투 스트라이크 원 볼. 절망할 필요는
없다. 탁자 밑 마술사의 가방에는 신문지에 둘둘 말린 칼이
들어 있다. 허벅지에 대고 찌르자 칼날은 쑥 들어갔다. 마술
칼로는 아무리 힘주어 찔러도 피 한 방울 나지 않는다.

사내는 밤새 비명을 질러대는 소녀를 심각한 얼굴로 내
려다보았다. 대체 뭐라는 거야. 소녀는 흔들어도 깨어나지
않았다. 그는 낯선 남자를 대뜸 따라나선 소녀가 제정신일
리 없다고 판단했다.

베개 밑에는 지폐 두 장.

그는 탈출 전문가답게, 새벽에 차를 몰고 사라졌다.

창문 밖은 환기통으로 가로막혔다. 양쪽 벽에서 쉭쉭, 거
친 숨소리와 비명 소리가 번갈아 들려왔다. 사만다는 이불을
두르고 침대에 누웠다. 프로펠러 그림자가 침대 위로 지나
갔다. 창공에서 낙하산을 끊어버리는 조종사, 모선과 연결된

줄을 끊어버리는 우주인, 안전장치를 풀고 감행하는 번지점프, 꼭대기에서 멈춘 대관람차의 문을 열고 바닥을 향해 날아오른다.

방값을 지불하기 위해 시작한 일이었다. 산타 바바의 새로운 메이드가 된 사만다는 매일 스물두 개의 방을 닦고 치웠다. '빈방 없음'. 폭우로 길이 끊기자 사람들은 모텔을 찾아왔다. 사만다는 복도를 물걸레질했다. 걸레로 발자국들을 지워나갔다. 수챗구멍을 막는 모래를 손가락으로 파냈다.

빨래, 카운터 청소, 걸레질을 반복하자 몸은 노곤해도 머릿속은 점점 말끔해졌다. 하루 일과가 끝나면 사만다는 구석방에서 다음 날 할 일을 메모해두곤 했다.

커튼 빨기, 소독, 접시 정리, 잡초 뽑기, 시트 개기, 걸레질.

삼 개월 뒤 찾아온 부모는 마당에서 빨래를 하던 사만다를 대야 밖으로 끌어냈다. 창가에 걸어둔 옷은 바짝 말라 있었다. 사만다가 그것을 내려 입자, 창틀에는 옷걸이만 달랑 남았다. 침대에 앉아 팔짱을 끼고 있던 아버지는 고개를 돌렸다. 어머니는 주인이 내민 급료 봉투를 팽개쳤고 한국어로 욕설을 퍼부었다. 여주인은 모텔 번호가 찍힌 성냥갑을 사

만다의 주머니에 넣어주었다. 트럭이 출발하자 어머니는 성
냥갑을 창밖으로 던졌다.

"제발, 작작 좀 해라. 누구 때문에 여기까지 왔는데."

*

새 학기가 시작되자 사만다는 학교에 나갔다.

사내아이들은 부모가 집을 비우면 앞다투어 사만다를
초대했다. 그들은 소파에서 오래된 영화를 보다가 침실로
갔다. 침실로 가기 전에 일을 치르기도 했다. 텔레비전 시청
이나 집 안을 둘러보는 과정이 생략되기도 했다. 볼일이 끝
나면 남자아이들은 피자를 시켰다. 피자는 언제나 따끈하고
기름졌다.

피자 한 판 사만다.

학교에서 피자 쿠폰을 건네받은 제인은 동생을 방으로 불
러들였다. 불 꺼진 방. 책상에 스탠드가 켜져 있다.

"네 사생활에 참견하고 싶지 않아."

"……."

"나까지 걸레 취급당하는 건 싫어."

"……."

톰은 '너희 누나가'로 시작되는 수많은 일화들을 전해 들었다. 소년들의 입을 통해 사만다의 전설은 점점 부풀려졌다. 톰이 나타나면 아이들은 말을 끊었다. 기다리던 버스가 왔다는 듯 뿔뿔이 흩어졌다.

사만다와 피클이라니.

제인이 졸업식에서 상을 받자 가족은 레스토랑으로 갔다. 칼질을 할 때마다 핏물이 배어나왔다. 아랫니와 윗니로 고기 조각을 자르고, 으깨고 잘게 부순 조각을 혀로 목구멍 너머로 넘기며 톰은 기회를 엿봤다. 에둘러 말했지만 아버지는 단번에 알아들었다. 톰과 제인은 먼저 집으로 돌아갔다. 모래 위에 사만다의 입에서 흘러나온 피가 떨어졌다. 모래는 조용히 피를 빨아들였다. 아버지는 어머니가 건네준 가위를 받아들었다. 머리카락이 바닥으로 흩어졌다.

낙엽이 떨어졌다. 잎을 털어내고 봄에 새잎을 달면 그 나무는 새로 태어나는 것일까. 겨울나무와 봄나무는 다른 나무일까.

창밖으로 시계탑이 내다보였다.

두 시 삼십 분.

다시 내다봐도

두 시 삼십 분.

가방을 메고 일어서도

두 시 삼십 분.

시침과 분침은 한자리에 고정되어 있다. 벌어져 아물지 않는 상처 같았다. 사만다는 녹슨 시곗바늘이 움직이기를 기다리며, 해 질 녘의 급식실과 비 내리는 수영장을 거닐었다.

*

D가 스무 살의 사만다에게 인사를 했다. 어느 봄날, 그들은 도시 외곽의 묘지로 소풍을 갔다. 관광 명소라 가이드북에도 실려 있지만 폐장 시간이 가까워서인지 인적이 없었다. 묘지는 아기자기한 소인국 같았다. 바닥에 즐비하게 누워 있는 묘석은 문짝처럼 보였으나 결코 열리지 않는다. D는 힘든 일이 있을 때마다 묘지에 간다고 했다. 죽은 사람을 보고

살아가는 힘을 얻는다는 것이다.

어느 날 아침 사만다는 묘지 소풍을 거부했다. 이유를 알고 싶다는 D에게 이유 따윈 없다 했지만, 그는 믿어주지 않았다. 사만다는 남들이 헤어지는 이유를 꾸어다 일러주었다. 그제야 D는 납득하고 떠났다. 사만다는 D와 묘지 순례 때 걸치던 촌스러운 비옷을 내다버렸다.

D 다음으로 O가 나타났다.

사만다는 법랑 냄비에 스튜를 끓여놓고 O를 기다렸다. 스튜는 차갑게 식었다. 냄비째 개수대에 쏟아버렸다. 새벽까지 기다려도 O는 오지 않았다. 사고가 났을지도 몰라, 방 안을 서성거리던 사만다는 와인 병을 들고 오프너를 찾았다. 집 안 곳곳의 빈자리가 눈에 들어왔다. 그제야 O가 떠났다는 것을 알았다. 그는 장식장에 넣어둔 오프너까지 챙겨갔다.

칼로 마개를 도려내자 코르크 조각이 병 속에 떠다녔다. O가 남기고 간 편지는 여러 장이었으나 전하고자 하는 메시지는 간단했다. 나는 이제 네가 지겨워졌어.

사만다는 식탁 위에 코르크 조각을 뱉었다.

스물여섯 살에 T를 만났다.

제인은 딸의 생일파티에 동생을 초대했다. 사만다는 장난감 가게로 갔다. 태엽을 감자 소녀 둘은 팔짱을 끼고 돌아가기 시작했다. 치맛자락이 떨렸다. 하얀 토슈즈를 신고, 은색 화관을 쓴 소녀들은 반대편으로 고개를 돌리고 춤을 췄다. 몸을 맞붙이고 태엽이 풀릴 때까지 빙글빙글 돌았다. 사만다는 토끼 인형을 옆구리에 끼고 언니 집으로 갔다. 배를 누르자 토끼가 소리를 냈다. 기계음은 비명 소리에 가까웠다. 제인은 귀를 막았다. 토끼 인형을 식탁에 두고 제인은 집 안 구경을 시켜주겠다고 했다.

"욕실은 세 개야. 여긴 손님용."

제인은 복도 끝의 문을 열었다. 변기에 앉아 노래를 부르던 남자가 고개를 들었다. 제인의 대학 동창인 T라고 했다. 제인과 T는 함께 복도로 걸어갔다. 사만다는 두 사람의 뒷모습을 바라보았다. T는 손을 뻗어 제인의 머리카락을 쓰다듬었다. 제인은 뿌리치고 앞장섰다. 사만다는 제인이 숨죽여 울던 밤이 떠올랐다. 사랑과 조건의 저울질은 오래가지 않았다. 제인이 T에게 딸의 생일 파티 축가를 불러달라고 한 건, 뭔가를 확인하기 위해서일지도 모른다. T는 고깔모자를 쓰고 생일 축하 노래를 불렀다. 아이는 노래가 끝나기도 전에 울어댔고 제인은 우는 아이를 안고 방으로 들어갔다. 사만다는 T의 차를 타고 도시로 돌아갔다.

*

하숙집 계단은 가팔랐다. 그 도시에서 사귄 단 한 명의 친구는 광장에서 연주하는 절름발이 바이올린 주자였다. 초인종 소리에, 열림 버튼을 누르면 한참 후에 문 두드리는 소리가 들렸다. 친구는 헐떡거리며 꽃다발을 내밀었다. 사만다는 커피 가루를 헹구고, 빈 병에 꽃을 꽂았다. 문이 닫히고 층계가 삐걱거리는 소리가 아래쪽으로 잦아들어 갔다. 장미 꽃잎이 커피 색깔로 물들어 시드는 데 일주일이 걸렸다. 친구는 다시 찾아오지 않았다.

하숙집은 창고들과 공장 담 사이에 끼어 있다. 맞은편 창은 사시사철 자주색 커튼으로 가려졌다. 귀까지 꼼꼼하게 껍질이 벗겨진 토끼 고기가 랩에 싸여 슈퍼마켓 진열대에 놓여 있었다. 변기 레버는 헐거웠다. 물을 두 바가지나 퍼 넣어야 내용물이 사라졌다.

사만다는 광장에서 하루를 보냈다.

골목 끝에 터져 있는, 광장의 분수대는 물을 뿜지 않았다. 발을 구르자 뚱뚱한 비둘기가 한 뼘 옆으로 물러났다. 외따로 놓인 긴 의자. 딱딱한 껍질을 벗기고 파먹는 바게트. 그 텅 빈 빵 속에 들어가 단잠을 자고 싶었다. 철제 의자들이 겹겹이 쌓여 올라갔다. 파라솔이 접혀 탁자에서 뽑혀 나왔다. 탁자 가운데에 구멍이 나 있었다. 매주 수요일이면 광장에서 늙은 무용수가 플라멩코를 췄다. 중년 남자의 아코디언 소리에 맞춰 무용수의 치마가 펴졌다 오므라들었다 했다. 광장의 가로등이 꺼지면 악사와 무용수는 양철 과자 상자 속 동전들을 챙겨 선술집으로 갔다. 둘은 마주 앉아 동전으로 탑을 쌓았다가 술값을 치르려고 동전들을 허물었다.

뭐가 문제냐고 T는 물었지만 딱 잘라 말할 수 없었다. 이유가 있으니 우울한 거 아니야? 잡화점 여자가 물건값을 속인다고 했다. 밀가루 한 봉지와 버터 두 덩이가 같은 값일 리 없다. 장담해? 그 여자가 널 속인다는 걸. 문이 제대로 안 잠겨. 낯선 사람이 들어오면 어쩌지? T는 다음 날 문에 맹꽁이 자물쇠를 사다 달았다.

그 뒤로 이어진 이런저런 고민에 대한 T의 해결책은 다음과 같다.

외로우면 사람을 만나.

악몽을 꾸면 우유를 마셔.

밤에 잠이 안 오면 낮에 다리가 아플 때까지 걸어 다녀.

토끼 고기가 보기 싫어? 그럼 슈퍼에 가지 마.

하숙집. 난들 좋겠니?

포르타멘토, 순차적으로 부드럽게 가자구.

위층에서 누군가 바닥으로 동전을 쏟아부었다. 사만다는 빗자루로 천장을 찔러댔다. T는 빗자루를 뺏어 바닥에 던졌다.

"너는 애써 불행해지려고 하는 것 같아."

욕조 마개가 사라졌다. 동전을 비닐로 묶어 마개를 대신했다. 구멍을 틀어막진 못해도, 물이 빠져나가는 속도는 늦춰졌다. 사만다는 아이가 사라지는 꿈을 꾸었다.

아이는 온데간데없고 요람에는 늙은 요정이 누워 있다. 요정은 자기 이름을 맞추지 못하면 아이를 다신 볼 수 없다고 했다. 사만다는 세상의 모든 이름을 호명했다. 요정은 연신 도리질했다. 거리로 달려 나가 공중전화 부스에서 전화번호부를 떼어왔다. 첫 장부터 끝 장까지 손가락으로 짚어가며 읽었다. 요정은 연신 고개를 저었다. 사람이 먹지 못하는 짐승, 오래전에 사라진 도시의 이름과 심해어와 멸종한 동물을 불러댔다. 버섯, 곰팡이, 홍수, 사다리.

늙은 요정은 한숨을 쉬었다.

"영영 아이는 못 봐."

요람은 텅 비었고 창밖은 환했다. 여자는 검은 머리카락이 떠다니는 물속에서 허우적거렸다. 비누는 녹아 형체를 잃고 덩어리로 변했다. 비명을 질러도 T는 나타나지 않았다. 욕조는 우주 공간에 홀로 있었다.

사만다의 배가 불러오자 T는 오페라하우스 매표소에서 야간 근무를 했다. T는 자신의 정수리를 쓰다듬는 손을 뿌리쳤다.

"아무 문제 없어. 제발, 굳이 문제를 만들려고 하지 마."

T가 빗자루질을 하자 좌석 아래서 귀고리가 끌려 나왔다.

한 짝뿐인 귀고리는 쓸모가 없다.

우리가 계속 함께 살 수 있을까? 집으로 돌아가던 T는 생각했다. 버스 창밖으로 지어진 지 수백 년이 지난 건물들이 지나갔다. 비가 온들 바람이 분들 시간이 지나도 원래 있던 자리에서 꼼짝없이 낡아가는 건물.

새벽에 오르는 하숙집 계단은 가팔랐다. T는 계단참에 서서 숨을 골랐다. 매일 먼지를 마셔서 폐활량은 줄어들고, 레슨 비용은 생활비로 날아갔다. 계단을 오르내릴 때마다 성악가의 길에서 점점 멀어지는 것 같았다.

사만다는 이상한 아이를 낳을까 봐 불안했다. 뺨에 손가락이 붙거나, 꼬리가 달리거나, 온몸이 비늘에 덮인, 소리를 듣지 못하고 비명만 지르는 아이를 낳으면 어떻게 하나. 뇌가 없거나 심장에 구멍이 뚫려 태어나자마자 죽는 아이, 이 세상에 태어났다는 느낌도 없이 죽는 아이가 태어나면 어떻게 하나. 내 죄를 죄 없는 아이가 갚게 되면 어쩌나.

"비명을 질러도 못 알아들을 거야."

"비명은 만국 공통어야."

"내 말을 못 알아듣는 의사와 간호사 앞에서 가랑이 벌리고."

"어쩌라고. 내가 해결할 수 없는 문제로 날 들볶지 마."

어느 날 저녁, 국제전화가 걸려왔다. 사만다는 숨을 죽였다.

T는 전화에 대고 소곤거렸다.

"알아, 엄마. 하지만 불쌍해서 버릴 수가 없어."

두 시 삼십 분.

이륙까지 두 시간이 남았다. 사만다는 공항 카페에 앉아 뜨겁게 데운 우유를 마셨다. 유리문 밖으로 낯선 사람들이 지나갔다. 탑승을 알리는 안내 방송이 들려왔다.

창밖으로 날아오르는 비행기가 내다보였다. 하늘엔 구름 한 점 없다. 훌쩍, 떠나기에 더 할 나위 없이 좋은 날이었다. 청소부가 발밑으로 빗자루를 들이밀었다. 사만다는 두 다리를 들어 올렸다.

대합실은 텅 비었다.

오 년 뒤 사만다는 서울의 지하 서점에서 T를 만났다. 두 사람은 샌드위치 가게에 마주 앉았다.

그는 공항에 갔었다고 했다. 오후 세 시에 쪽지를 발견하고 택시를 잡아타고 공항으로 가서 안내 방송도 했다. 필사적은 아니었다는 말에 T는 물었다.

"네가 말하는 필사적이 뭔데?"

점원이 그들 앞에 잔을 내려놓았다. 사만다는 설탕 봉지를 반으로 꺾었다.

T가 빨대로 잔을 휘젓자 망고 건더기가 빙빙 돌다 가라앉았다.

"아인?"

사만다는 아이가 죽었다고 했다. 그는 물끄러미 그녀를 바라보았다.

"사실대로 말해봐."

"상관할 일 아니잖아."

사만다는 계산서를 들고 자리에서 일어났다.

T의 아내는 골라놓은 책을 계산대로 들고 갔다.

"누구야?"

T는 지갑을 꺼냈다.

"아, 유학시절 친구. 여기 얼맙니까?"

*

여기, 여자의 이름이 붙은 분실물 센터가 있다. 입구의 통 속에 우산 몇 개, 갑자기 내린 폭우를 피하느라 해변에 버리고 온 파라솔, 오르골, 자주색 코트, 읽다 만 책들, 와인 오프너와 집 열쇠, 욕조 마개, 장갑과 동전들, 귀걸이 한 짝, 끝내 말할 수 없었던 진심들, 저녁 식사의 답례품, 베개 밑 지폐 몇 장, 놓쳐버린 풍선, 안도와……

6. 천사가 지나갔다

"따뜻하게 따끔했어. 봄에 웬 눈이람? 뺨을 만졌더니 깃털이 잡히더라. 올려다보니 공중에 천사들이 빙빙 돌고 있었어. 천사들의 피아노 소리가 엄마에게로 흘러들었지. 그리고 네가 태어났단다. 넌 천사의 음악으로 만들어진 아이야."

엄마가 어릴 때부터 들려준 이야기다. 커서야 아빠가 만든 광고의 한 장면인 걸 알았다.

원피스에 매달린 레이스는 묵직했다. 무릎께에서 찰랑거리는 프릴들을 잡아 뜯고 싶었다. 옷을 갈아입고 나가자 엄마는 예쁘다고 환호성을 질렀다. 어색하게 웃고는 사진사가 가리킨 석회 기둥 사이에 섰다.

사진사는 웃으라고 주문했지만 몸통을 옥죈 원피스 때문에 숨쉬기도 버거웠다. 선풍기 바람은 나에게까지 오지 않았다. 등에 땀이 흘러내렸다. 허리께가 조여왔다. 또 화장실에 간다고 하면, 엄마에게 잔소리를 들을 게 분명하다.

"자, 활짝 웃어요, 공주님."

엄마는 그날 찍은 사진을 대회 참가 신청서에 붙였다. 그동안 참가한 콩쿠르가 학예회 수준이었다면 이번 대회에는 프로들만 모인다고 했다. 그러니 지금보다 더 분발해야 한다는 것이다. 하지만 학예회 수준의 콩쿠르에 참가할 때도 똑같이 당부를 했다. 엄마는 내가 긴장할 걸 눈치채면 말을 바꿨다.

하지만 걱정할 것 없어. 넌 벌써 칠 년이나 피아노를 쳤잖아. 겁먹지 마. 네 또래 누구도 너만큼 피아노를 잘 치진 못해. 그럼, 넌 세계 최고의 피아니스트가 될 거야.

엄마는 내가 아니라, 스스로를 안심시키려는 것 같았다.

나는 하루에 아홉 시간씩 건반을 두드렸다. 피아노 학원도 다니고 집에서 개인 레슨도 받았다. 손등 위에 동전을 올려놓고 떨어뜨리지 않게 훈련했다. 저녁을 먹고 글렌굴드, 호로비츠, 루빈스타인 등 세계적인 피아니스트의 연주 실황이 담긴 비디오를 보거나 음반을 들었다. 엄마는 피아노만 잘 치면 무슨 짓을 해도 넘어가주었다. 편식을 해도, 방 청소를 하지 않아도 내버려두었다. 수준이 낮은 아이들과 고무줄넘기나 술래잡기를 할 필요도 없었다. 그러니까 나는 피아노만 잘 치면 된다.

"아니, 거기서 끊기면 안 돼. 쭉 이어서 한 호흡 더 가야지."

엄마는 내 곁에 앉아 피아노 소리를 녹음했다. 녹음테이프를 듣고, 틀린 부분은 스무 번씩 다시 쳤다.

엄마는 내가 세 살 때 알아챘단다, 자기 딸이 피아노 신동이라는 것을. 몇 번 듣기만 했던 동요를 완벽하게 쳐냈다. 다섯 살 때 모차르트를 연주했는데, 동네 피아노 원장님이 경탄했단다. 정작 나는 아무것도 기억하지 못한다. 어쨌든 그 후로 피아노는 나와 엄마의 운명이 되었다.

엄마는 피아노가 얼마나 좋은 건지 이야기해주었다. 말에는 한계가 있어, 하지만 음악은 국경도 없고 남녀노소 모두의 마음을 움직일 수 있어. 음악이 네 진심을 전해줄 거야.

피아노는 너를 섬으로, 산꼭대기로, 호숫가로, 은하계 가장 끝에 있는 행성으로 데려다 준다. 너에게 날개를 달아주고 천국으로 데려다 줄 거야.

솔직히 무슨 말인지 알아듣지 못했다.

나는 그저 칭찬받는 게 좋았다. 엄마는 상장을 액자에 넣어 벽에 걸어두었다. 상장은 꼬리를 물고 이어졌다. 엄마는 손님이 오면 박물관 큐레이터처럼 액자들을 구경시켜 주었다. 나는 안 듣는 척했지만 속으로는 으쓱했다. 엄마의 대학 동창들은 내가 엄마를 닮아서 음악에 소질이 있다고 했다. 그러면 엄마는 자기는 중간에 접었지만 나림이는 그러지 않을 거라고 했다.

무슨 일이 있어도, 나림이만큼은 피아니스트로 만들 거야.

아침부터 화장실을 들락날락거렸다. 엄마가 화장실 문을 두드렸다.

"아직이야? 벌써 한 시간째야. 나림, 서둘러."

엄마는 재촉했지만 아랫배는 여전히 꿀렁거렸다.

"차가 막힐 텐데, 멀었어?"

엄마는 어제저녁 아빠가 사온 치킨을 탓했다.

"치킨이라니. 우유나 한 잔 먹여 재우는 건데."

엄마는 내 팔을 잡고 달려 나갔다. 엘리베이터를 탔는데 또 배가 아팠다. 육 층쯤에서 나는 배를 감싸고 주저앉았다.

"좀, 참아봐. 못 참겠니? 정말 못 참겠어!"

나는 손을 뻗어 십삼 층 버튼을 눌렀다. 엄마는 화장실 문 밖에서 서성거리며 맙소사! 늦었네, 소리를 질러댔다. 하필이면 이렇게 중요한 때, 아픈 내가 한심했다.

엄마는 택시 운전기사에게 전속력으로 달리라고 했다.

"두 시까지, 두 시까지 도착해야 돼요."

신호에 걸려 차가 멈춰 설 때마다 엄마는 안절부절못했다. 엉덩이를 들썩거리며 운전사 옆으로 고개를 내밀었다.

"이번 대회에 우리 아이 일생이 걸려 있다고요, 아저씨."

"예에."

택시가 터널 안에서 멈춰 섰다.

"왜 꼼짝을 안 해?"

택시 운전사는 창밖으로 한쪽 팔을 내밀었다.

"저 앞에 사고가 난 모양인데."

엄마는 요금을 더블로 줄 테니 어떻게든 빠져나가 보라고
했다.

"아줌마, 이게 비행기면 몰라도."

엄마는 차라리 걸어가겠다며 택시 문을 열었다. 무대의상
과 악보가 담긴 가방을 질질 끌고 앞장섰다. 터널 공기는 탁
했고 가슴이 답답했다. 고속버스 유리창에 아이들이 다닥다
닥 붙어 있다. 아이들은 나를 향해 손가락질을 했다. 나는 고
개를 숙였다. 바닥엔 콩알 같은 유리 조각들이 널려 있었다.
걸음을 옮길 때마다 발밑에서 유리 조각들이 으드득거렸다.
앞이 우그러진 빨간 차 안에서 팔 한 짝이 흘러나와 있다. 얼
굴이 피범벅인 여자가 절뚝거리며 사람들을 붙잡고 하소연
했다. 좀 더 가자, 쓰러진 오토바이가 보였다. 운전하던 사람
은 어디로 날아가버린 걸까. 엄마는 터널 안으로 오토바이를
끌고 들어오는 미친놈이 어디 있냐고 중얼거렸다. 오렌지색
불빛 아래, 쓰러진 오토바이는 잠든 노새처럼 보였다.

연주회장 문은 잠겨 있었다. 엄마는 주먹으로 유리문을 두
드렸다. 만두 모양의 손자국들이 찍혔다. 저편에서 무전기를
든 남자가 달려 나왔다. 진행 요원은 유리 저편에서 입장이

끝났다고 고함쳤다. 엄마도 목소리를 높였지만 규정을 어길 수는 없다는 말만 되돌아왔다.

엄마가 지갑을 열자 진행 요원은 길을 열어주었다. 우리는 비상구를 통해 대기실로 들어갔다. 연주를 마친 아이들이 의자에 앉아 있다. 재잘대던 아이들의 시선이 엄마와 나에게 와서 꽂혔다. 엄마는 연미복 입은 아이에게 몇 번까지 쳤냐고 물었다. 삼십팔 번, 다음이 나였다.

엄마는 나를 돌려세우더니 지퍼를 내리고 옷을 끌어 내렸다. 몸을 비틀자 엄마는 어린아이처럼 굴지 말라고 했다. 대기실 아이들이 러닝과 팬티 차림의 나를 바라보았다. 한 손으로 아랫도리를, 다른 손으로 윗도리를 가렸다.

엄마는 내 손등을 찰싹 때렸다. 흰 레이스가 달린 드레스가 순식간에 끌려 올라갔다. 엄마는 허겁지겁 화장품 가방을 열어 내 얼굴에 분을 발랐다. 거울에 비친 얼굴은 어릿광대 같았다. 엄마는 헝클어진 머리를 손으로 쓸어 넘겨주었다. 실핀이 머리를 쿡쿡 찔러댔다. 가방에서 구두를 꺼냈다. 한 짝이 보이지 않았다.

"아, 돌아버리겠네. 구두, 구두!"

박수 소리가 들려오자 엄마는 자기 구두를 벗어 내게 신겨 주었다. 구두는 내 발밑에서 덜컹거렸다. 커튼을 젖히고 엄마는 나를 무대로 밀었다. 무대는 환했다. 연주를 마친 아이가 내 곁을 지나갔다. 얼굴이 창백했다.

커튼을 젖히고 엄마가 고개를 내밀었다. 저편에서 엄마는 입을 뻥긋거렸다.

"실수 없이 완벽하게."

나는 덜그럭거리는 구두를 끌고 피아노로 향했다. 객석에서 웃음소리가 들렸다. 온 신경이 발끝에 집중되었다. 의자를 조정하고 어금니를 악물고 양손을 건반 위에 올렸다. 조명의 열기로 정수리가 화끈거렸다. 손끝에 닿은 건반은 미지근했다.

악보가 넘어갔다. 음표들이 끝없이 이어졌다. 동시에 수많은 음표들이 자기 소리를 내달라고 달려들었다. 내 양손은 미친 고양이처럼 겅중거렸다. 빨리 끝내고 싶다. 달아나고 싶다. 꼬리에 불붙은 고양이가 비명을 지르며 건반 위를 뛰어간다. 마침표를 찾아, 쉼표를, 쉼표를 건너뛰었다. 연주를 마치자, 여기저기서 소리 죽인 웃음소리가 들렸다.

"어차피 중요한 대회 아니었어."

돌아오는 차 안에서 엄마는 말했다. 시간에 맞게 가지 못해서 그래. 숨 고를 시간이 필요한데. 터널 안에서 교통사고를 당한 사람을 원망했다.

왜 하필, 그때.

만약 제시간에 갔다면 네가 일 등을 했을 거야. 엄마는 다음 콩쿠르가 삼 개월 뒤에 있다고 했다. 이번 콩쿠르보다 훨씬 수준 높아. 실력파가 전국에서 몰려오니 단단히 각오해야한다.

자고 일어나자 손가락이 굳어버렸다. 미술 시간에 창가에 내다 놓은 찰흙덩이처럼 바짝 말라버렸다. 엄마는 나를 대학병원으로 데리고 갔다. 의사는 맥박을 재고 손가락으로 배를 누르고 청진기를 가슴에 댔다. 나는 의자에 앉아 숨을 죽였다. 의사는 스트레스 때문이라고 했다. 엄마는 이 세상에 스트레스 안 받고 사는 사람이 있냐고 물었다. 그건 개나 소도 할 수 있는 이야기다. 당신이 사이비 점쟁이냐? 의사라면 애의 어떤 점이 잘못되었는지 짚어내달라. 엄마는 내 손가락을 움직이게 해줄, 엄마가 원하는 대답을 해줄 의사를 찾아이 병원 저 병원을 찾아다녔다.

마음의 병입니다. 몸에는 아무 이상이 없어요.

그럼, 정신에 이상이 있다는 건가요?

나는 미친 사람들이 정신병원에 갇힌다는 이야기를 들었다.

도대체 뭐가 문제죠?

엄마는 모든 게 의지 문제라고 했다.

아빠는 모든 게 시간 문제라고 했다.

나는 뭐가 문제인지 알 수 없었다.

엄마는 피아노를 치지 않으면 도대체 뭐가 될 거냐고 물었다.

…….

넌 벌써 칠 년이나 피아노에 매달렸어. 상도 탔고 재능도 있지. 슬럼프는 누구에게나 있어. 나림아, 난 너마저 아무것도 아닌 사람이 되길 바라지 않아. 그저 그런 인생은 나 하나면 족해. 괜찮아. 조금만 기다려보자. 지금은 힘들지. 하지만 이겨내야 해. 이겨내겠다는 의지가 중요해. 위인들은 다 그랬어.

내 방에는 지휘자 사진이 붙어 있다. 백발의 지휘자는 한 손에 지휘봉을 들고 밤이나 낮이나 나를 내려다보았다. 지휘봉은 허공에 멈춰 있다. 누군가 내 어깨를 두드려 얼음 땡, 해주기를 바랐다.

엄마는 헬렌 켈러와 설리번 선생 이야기를 해주곤 나를 피아노 앞에 끌어다 앉혔다. 엄마는 건반에서 손을 떼지 말라고 했다. 내 다섯 손가락은 불에 닿은 듯 오므라들었다. 엄마는 내 손을 잡고 건반을 꾹 눌렀다.

"손 쫙 펴."

엄마가 자를 들었다.

"똑바로 봐, 눈 감지 말고!"

피아니스트에게는 손이 생명이라며 엄마는 내 손 대신, 자기 손등을 내리쳤다. 살갗이 점점 빨개졌다. 핏줄이 튀어나와 도드라졌다. 팔을 잡고 매달렸지만 엄마는 매질을 그치지 않았다.

"이래도, 이래도 안 돼? 너 힘들지, 하지만 엄만 더 힘들어."

이 세상에서 피아노 같은 건 모조리 사라지기를 바랐다. 검은 피아노는 관처럼 보였다. 나는 저 검은 상자 속에 포로로 잡혀 있는 외로운 공주다. 아무도 나를 구해주지 않는다. 건반은 굶주린 괴물의 이빨, 내 손을 잘라먹을 것 같았다. 밤이면 나는 피아노가 보이지 않는 벽 쪽으로 몸을 돌려 누웠다. 소리 없는 잠 속으로 파고들었다.

합창 대회를 앞두고 담임 선생님은 누가 피아노를 잘 치냐고 물었다. 아이들이 수군거렸다. 나는 손에 연필을 들고 공책에 소용돌이를 그려 넣었다.

"나림이요. 이나림."

나는 소리가 나는 쪽을 바라보았다. 모르는 아이였다. 나는 담임선생님이 내 이름을 못 들었기를 바랐다. 그 아이는 다시 내 이름을 큰 소리로 불렀다. 제발 닥쳐, 닥쳐. 소용돌이가 점점 몸을 부풀렸다. 연필심이 부러져나갔다.

선생님은 자로 교탁을 두드렸다.

"나림이 너, 피아노 잘 쳐?"

나는 고개를 저었다. 차라리 투명인간이었으면 좋겠다.

"상도 많이 받았어요. 학원 복도에 나림이 상장이 걸려 있어요."

나는 떠들어대는 아이를 노려봤다. 학원 대기실에서 저 앨 본 것도 같다. 나는 원장님에게 따로 레슨을 받기 때문에 수업을 같이 한 적은 없다. 그 학원 아이들에게 나는 신화적인 존재다. 학원 건물에 걸린 횡단막에도 내 이름 석 자가 찍혀 있다.

선생님은 앞으로 나오라고 했다. 아이들은 나를 주목했다. 달아날 곳이 없다. 의자를 뒤로 밀고 앞으로 나갔다. 그 아이는 나를 향해 입을 벙긋거리며, 파이팅! 했다.

피아노 앞에 앉았다. 담임 선생님이 악보를 넘겨주었다. 이런 것쯤은 여섯 살 때 끝냈다. 어쩜, 칠 수 있을지도 몰라. 손가락을 건반에 올렸다. 사방이 고요하다. 댐퍼 페달을 밟자 발바닥에서 정수리까지 힘이 들어갔다. 팔꿈치에서 손목까지 부목을 댄 것처럼 뻣뻣하다.

치지 못한다고 말해야 한다. 이제 피아노를 치지 못합니다, 솔직하게 털어놓으면 된다. 담임 선생님은 재촉했다. 손가락으로 건반을 눌렀다. 손가락은 건반 위에서 죽마를 탄 어릿광대처럼 뒤뚱거렸다. 피아노 속의 해머가 머릿속을 두들겨댔다. 누군가 웃기 시작했다. 동시에 사방에서 깔깔대는 소리가 들렸다.

합창 대회 반주는 다른 아이가 맡았다.

화장실로 가려는데 그 아이가 가로막았다.

"나림아, 너 피아노 잘 쳤잖아."

금방이라도 눈물이 쏟아지려고 하는데 그 아이는 비켜주지 않았다. 정말 걱정스럽다는 표정으로 나를 바라보았다. 나는 그 아이를 밀치고 교실 밖으로 나갔다. 화장실 변기에 앉아 내 손을 들여다보았다. 차라리 잘라내고 싶다. 더러운 장갑처럼 눈 속에 파묻고 싶다. 나는 왼손으로 변기 레버를 내리고, 오른손으로 휴지를 뜯어 코를 풀었다.

그 아이의 이름은 김선주라고 했다.

엄마는 생일파티에 아이들을 초대하라고 했다. 피아노를 치지 않은 이후로, 엄마는 언제나 내 비위를 맞춰주려고 한다. 컨디션이 좋아져서 피아노 의자에 앉길 바래서다. 피아노를 잘 치는 나는 엄마의 자랑거리였다. 하지만 이젠 걱정거리에 불과하다. 사사건건 내 눈치를 보는 엄마의 눈치를 봐야 했다.

생일 파티에 초대하자 김선주는 어리둥절한 표정을 지었다. 그러나 거절하지는 않았다.

촛불을 불어 끄자 아이들이 선물을 주었다. 김선주의 선물은 분홍 고양이가 프린트된 양철 필통이다. 열어보니 안에는 분홍색 연필과 지우개가 들어 있다.

"분홍은 별룬데. 필통도 남아돌고."

나는 뚜껑을 덮고 이 필통 누가 가질래, 물었다. 필통 안에서 연필과 지우개가 달그락거렸다. 아무도 냉큼 나서지 않았다. 나는 핑크 공주 희주에게 필통을 내밀었다.

"너, 가져. 봐, 어쨌든 핑크잖아."

나는 김선주를 향해 미소를 지어 보였다.

"받은 셈 칠게."

선물 상자를 안은 엄마가 들어왔다. 엄마가 상자를 건네자, 아이들은 풀어보라고 난리를 쳤다. 상자 안에서 나온 것은 상앗빛 메트로놈이었다.

"이번 출장 때 아빠에게 특별히 부탁했어. 코끼리 상아로 만든 거라 떨어뜨려도 절대 부서지지 않는대. 봐."

엄마는 메트로놈 꼭지를 눌렀다. 사각뿔 속의 추는 일정한

간격으로 움직였다.

"저게 뭐야, 시계야?"

누군가 묻자 김선주가 끼어들었다.

"메트로놈이야. 연주할 때 박잘 맞춰줘. 피아니스트에게 꼭 필요한 거야."

김선주는 부러운 듯 메트로놈을 바라보았다.

"걔, 좀 구질구질하잖아."

희주는 우리가 왜 김선주 따위와 어울려야 하냐고 따져 물었다. 아무리 봐도 걘 우리 과가 아니야.

나는 창가 쪽에 앉은 김선주를 바라보았다. 희주 말대로 저 앤 별 볼일 없다. 공부를 잘하거나 예쁘지도 않고, 말을 잘하거나 리더십이 있는 것도 아니다. 그 일만 없었다면 나는 우리 반에 김선주라는 애가 있는지도 몰랐을 것이다.

나는 칼로 연필을 깎았다. 연필 끝을 공책에 대고 칼로 문지르자 까만 가루가 떨어졌다.

"왜? 쟤 알고 보면 재밌는 애야."

"재밌어? 뭐가?"

"두고 봐, 재미있어질 테니까."

나는 공책에 묻은 연필심을 불어, 날려버렸다. 연필심이 닿은 자리에는 까만 점만 남았다.

나는 김선주가 어디 있건 찾아냈다. 처음에는 어색해하던 김선주도 우리 틈에서 놀게 되었다. 도시락도 같이 먹고 환경 미화도 함께했다. 김선주의 도시락 반찬은 김선주처럼 밋밋하고 평범했다. 김치와 콩자반, 멸치, 계란 프라이가 전부였다. 핑크빛 도시락 통에 스팸과 새우볶음, 불고기를 싸오는 희주는 김선주의 반찬은 손대지 않았다.

"멸치, 김치, 멸치, 김치 안 지겨워?"

내 곁에 앉아 있던 희주가 키득거렸다. 선주는 수저를 쥐고 멸치와 김치가 세상에서 제일 맛있다고 했다. 거짓말이다. 정말 밉살스러운 계집애다.

"그런데 왜 네 반찬은 안 먹고, 희주랑 내 것만 먹어?"

김선주는 젓가락으로 집은 동그랑땡을 슬그머니 내려놓았다.

"먹어. 친구 반찬 좀 먹는 게 어때서."

나는 동그랑땡을 집어 김선주의 밥 위에 올려놓았다.

"난 어차피 남이 젓가락 댄 건 더러워서 안 먹어."

김선주는 동그랑땡 주변의 밥만 퍼서 입에 꾸역꾸역 넣었다. 나는 수업 시간에 김선주에게 네가 동그랑땡을 안 먹어서 섭섭했노라고 쪽지를 보냈다. 김선주는 미안하다고 답장을 보냈다.

희주는 김선주가 반장을 좋아한다는 사실을 알려주었다. 나는 삼 분단 끝에 앉은 이수안에게 갔다.

"물어볼 게 있어, 반장."

이수안은 나를 올려다보았다. 퉁명스럽게 왜?라고 물었지만, 나는 이수안이 나를 좋아한다는 걸 안다.

"뭔데?"

김선주는 나와 이수안을 바라보고 있었다.

"너, 김선주 좋아해?"

"뭐야, 왜 그딴 걸 물어봐."

이수안의 얼굴이 붉어졌다.

"뭐야, 반장이랑 김선주랑 오오."

아이들이 웅성거렸다.

"아니라고."

"뭐가 아닌데? 그럼 너 선주 싫어해?"

김선주는 창밖으로 고개를 돌렸다. 다음 시간에 김선주는 내게 장문의 편지를 보냈다. 답장은 하지 않았다. 하굣길에 희주는 이수안이 자기를 좋아하는 것 같다고 말했다.

다음 날 아침 김선주가 나를 찾아왔다.

"왜 그랬어?"

그 애답지 않게 단호한 말투였다. 속으로 몇 번이나 연습한 것 같았다.

"뭘?"

"……반장."

희주가 나와 김선주 사이에 끼어들었다.

"왜 그런 말을 한 건데."

"친구니까."

"그래도 나한테는 묻지도 않고."

희주가 끼어들었다.

"너, 아직도 걔한테 미련 있어? 자존심도 없니?"

나는 희주에게 맞장구를 쳤다.

"이수안, 완전 밥맛이다. 아무리 싫어도 대놓고 그렇게 말하면 안 되지."

"그래, 좋아한다는데."

"그만하라니까."

나는 김선주에게 물었다.

"너 지금 이수안 때문에 나한테 화내는 거야?"

다음 시간에 어김없이 쪽지가 날아왔다. 쪽지를 본 희주가 깔깔거렸다.

"우정이 먼저래. 꼴값이야. 아주 쇼를 해요, 쇼를."

김선주는 정말 나를 좋아하는 것 같았다. 소심한 김선주는 내 표정을 끊임없이 살폈다. 내 표정이 어두우면 무슨 일이 있냐고 물었고, 내가 웃으면 기분 좋은 일이 있냐고 물었다. 나는 되는대로 대답해주었다. 그림자놀이. 내 마음을 따라 자기 마음을 움직이는 아이가 있다는 게 재미있다. 건반은 누르는 대로 소리를 낸다.

제삿날에 친척들이 우리 집에 모였다. 사촌 동생이 내 방으로 들어왔다. 놀아주지 않자 피아노 의자에 기어 올라갔다. 사촌은 마구잡이로 건반을 두드렸다. 조율한 지 오래

된 피아노 소리는 엉망진창이다. 그래도 상관하지 않고 건반을 두드렸다. 엄마는 내가 세 살 때 피아노에 재능이 있다는 것을 발견했단다. 혹시 저처럼 아무렇게나 두들겨대는 걸 듣고 착각한 건 아닐까. 그때 난 그저 소리가 나는 것이 신기했을지도 모른다. 저 아이에게 피아노는 색다른 장난감에 불과했다. 사촌은 허우적거리다 건반 위로 풀썩 쓰러졌다. 피아노는 천둥소리를 냈다. 문이 벌컥 열렸다. 엄마는 사촌을 의자에서 끌어내리고 뚜껑을 닫았다. 사촌은 집이 떠나가라 울어댔다. 숙모가 들어와 사촌을 안아 올렸다.

"형님은, 이깟 피아노가 뭐라고 앨 울려요?"

엄마는 숙모가 나가자 진저리를 치며 피아노 뚜껑을 덮었다.

"피아노가 지들 장난감이야?"

나는 부엌 바닥에 앉아 전을 붙였다. 전기 프라이팬 위에 전이 지져지는 소리, 기름 튀는 소리가 들렸다. 뒤집개를 든 숙모가 물었다.

"우리 민구도 피아노에 관심이 있나. 너 보기엔 어때?"

나는 가장자리가 타들어가는 전을 뒤집었다.

"말해봐. 소질 있으면 시켜보게. 악기 하나쯤 배워두면 좋지."

"숙모, 그건 민구한테 물어보세요."

나는 김선주에게 혈서를 쓰자고 했다.

"겁쟁이. 싫음 관둬. 나 혼자 할 거야."

나는 샤프 끄트머리로 손가락 끝을 찔렀다. 살갗이 벗겨질 뿐, 피는 나지 않았다. 나는 치마에서 옷핀을 뽑아냈다. 손가락 끝에 핏방울이 동그랗게 맺혔다. 종이에 대자 꽃잎 모양으로 지문이 찍혀 나왔다. 김선주에게 옷핀을 건네주었다. 피가 나지 않자 김선주는 옷핀으로 살을 찔러댔다.

"좋아, 됐어. 여기 종이."

두 개의 소용돌이가 나란히 찍혔다.

엄마는 부엌에서 요리를 하고 있었다. 나는 인사를 하고 방으로 들어갔다.

창밖이 어두워지자 엄마가 저녁을 먹으라고 불렀다.

우리 둘은 마주 앉아 저녁을 먹었다. 식탁 위는 조용했다.

엄마는 나를 바라보더니 말했다.

"젓가락질은 잘하네."

가방을 뒤져 돋보기를 꺼냈다. 선주는 나에게 무슨 짓을 하느냐고 물었다.

"과학 실험."

손등 위에 까만 점이 생기고 지글지글 타올랐다. 굳어버린 손을 어떻게든 움직이고 싶었다.

"너, 미쳤어?"

선주는 돋보기를 뺏더니, 운동장을 가로질러 갔다. 나는 손등을 치마에 문지르고 선주를 따라갔다. 불러도 멈추지 않았다. 복도에서 공기놀이를 하던 희주가 따라나섰다.

"쟤랑 뭐하는 거야?"

"잡기 놀이."

나는 손등을 감싸고 명랑하게 말했다.

희주와 나는 화장실로 들어갔다.

"선주야, 그 안에서 뭐해?"

발로 차도 김선주는 문을 열지 않았다. 문고리만 덜컹거렸다.

"안 나오면 물 뿌린다."

희주가 양동이에 물을 받아왔다.

"하나, 둘, 세엣!"

문이 열리고 흠뻑 젖은 선주가 나왔다.

"개구리야. 개구리."

희주는 양동이를 안고 깔깔거렸다. 나는 시큰거리는 손등을 감쌌다.

'할 말이 있어. 운동장에서 기다릴게.'

철봉 옆 벤치에 김선주와 나란히 앉았다. 나무 그늘 아래는 서늘했다. 머리 위에서 바람이 나뭇잎을 흔들어 '파, 솔, 파파파, 솔' 소리를 냈다. 나뭇잎 한 장 한 장이 바람이 연주하는 피아노 건반이었다. 김선주는 손은 괜찮냐고 물었다. 나는 주머니에서 손을 빼지 않았다.

"할 말이 뭔데."

선주는 한참 망설이더니 왜 그러느냐고 물었다.

"내가 뭘?"

나무에서 떨어진 송충이가 김선주의 어깨에 떨어졌다.

아다지오, 송충이는 굼실굼실 기어갔다.

"말해봐, 우린 친구니까."

목구멍이 간질거렸다.

"나 너한테 할 말 없어."

"걱정되니까. 다시는 피아노를 못 칠지도 모른다며."

김선주는 무릎 위에 놓인 두 손을 꼼지락거렸다.

"누가 그래?"

"……나라도 속상할 거야."

"신경 끊어."

피아노를 치던 예전의 나는 제발 잊어달라고.

"네가 왜 그랬는지 알겠어. 힘드니까."

"아무렇지도 않다니까."

김선주에게 붙은 송충이는 몸을 구부리고 폈다. 징그럽고 더러운 저런 것들도 번데기가 되고 나비가 되겠지.

나는 자리에서 팔딱 일어섰다.

"나 앞으로도 피아노 안 칠 거야."

"왜?"

김선주는 눈을 동그랗게 뜨고 나를 올려다보았다. 나뭇잎

사이로 햇살이 파고들었다.

"지겨워졌거든.

"조금만 참으면 괜찮아질 거야."

피아노를 치지 않는 한 나는 영영 문제가 있는 아이로 취급당할 거다.

"나, 네 피아노 소리, 되게 좋아했어."

나는 다시는 누구를 위해서도 피아노를 칠 생각이 없다.

"내가 도와줄게."

김선주 따위의 동정을 받을 만큼, 나는 형편없이 망가지지 않았다.

"너, 팔에 송충이 붙었다."

김선주는 일어나 펄쩍펄쩍 뛰었다. 음악 소리만 없다 뿐이지 춤추는 사람처럼 보였다.

아버지와 마주앉았다. 엄마가 시킨 게 틀림없다.

"네 엄만 너 땜에 잠도 못 잔다."

아버지는 폼을 잡았다.

"네 심정, 안다."

도대체 뭘 안다는 걸까? 나는 이 낯선 어른을 올려다보았다.

"나림아, 이 세상은 네 생각보다 만만치가 않아."

결론은 음악도 결국 돈이 있어야 한다는 것이다. 아버지는 지폐 뭉치로 차곡차곡 계단을 쌓아 올려주겠노라고 했다. 콩쿠르에서 입상하고, 교향악단과 협연하고, 피바디 아니면 줄리어드로 유학가고 귀국 독주회를 연다. 아버지가 생각한 내 인생은 그랬다.

"포기하긴 아직 일러."

아버지는 내 손을 꼭 잡았다. 나는 슬그머니 손을 빼냈다.

김선주는 점점 말수가 줄어들었다. 다른 반 아이들도 덩달아 김선주를 놀려댔다. 물론 내가 몇 가지 힌트를 주긴 했다. 하지만 없는 걸 지어낸 것은 아니다. 김선주의 코가 납작한 것, 송충이, 허름한 옷, 귓불의 점, 생리를 시작했다는 건 다 사실이다. 나는 사실에 의견을 좀 덧붙여 알려주었을 뿐이다.

누군가 송충이가 붙은 나뭇잎을 걸상에 올려놓았다. 선주가 의자를 뺐다. 아이들은 숨죽이고 지켜보았다. 선주가 의자에 털썩 앉았다. 아이들은 비명을 질러댔다.

"김선주가 친구를 깔아뭉갰다."

선주 치마에 터진 송충이가 붙어 있다. 아이들은 연두색 얼룩에 손가락질을 했다.

"우우, 저리 가. 더러워."

김선주가 움직일 때마다 아이들은 키득거리며 이쪽저쪽으로 몰려다녔다. 반장은 김선주가 가까이 가자 교실 바닥으로 밀쳤다.

나는 복도를 지나가는 김선주의 다리를 걸어 넘어뜨렸다. 내동댕이쳐진 가방에서 책과 필통, 물감 상자가 쏟아졌다. 김선주는 이십사 색 물감 튜브를 주워 상자에 넣었다. 나는 발로 물감 튜브를 밟았다. 물감이 터져 복도에 빨간 얼룩이 생겼다. 아이들은 김선주의 뒤를 쫓으며 생리대 광고 멘트를 읊어댔다.

"선생님께 말할 거야."

"고자질쟁이. 근데 믿어주실까?"

방과 후에 나는 교무실로 갔다.

"선생님, 드릴 말씀이 있어요."

담임 선생님은 의자를 돌려 나와 마주 앉았다. 엄마 덕분에 담임 선생님은 내게는 늘 다정했다. 나는 울먹이며 선주가 날 미워한다고 말했다.

"선주? 너희 둘 친하잖아."

나는 몇 가지 이야기를 지어 들려주었다. 나는 아빠에게 거짓말을 진짜처럼 하는 법을 배웠다.

"너무 속상해요. 제가 얼마나 선주를 좋아하는데."

눈물을 닦아내며 한숨을 쉬었다.

"네가 마음이 여려서 그래. 선생님이 잘 얘기해보마."

선생님은 너무 속상해하지 말라며, 선주를 불러 이야기해보겠다고 했다.

희주는, 방과 후 김선주가 교실에 남아 반성문을 썼다고 일러주었다.

선생님에게 결석한 선주에게 알림장을 가져다주겠다고 말했다.

"그럴 필요까지 없을 텐데."

담임 선생님은 미소를 지으며 그러라고 했다. 희주가 따라나섰다.

"선주 친군데요, 문병 왔어요."

선주 엄마는 뚱뚱하고 추레한 아줌마였다. 눈이 퉁퉁 부은 게 자다 일어난 것 같았다. 문간방에서 김선주가 나왔다. 헬 쑥한 얼굴로 나와 희주를 유령처럼 바라보았다.

선주 방 벽에 가수 브로마이드가 붙어 있다. 내가 모르는 가수라고 하자, 희주는 흥분했다.

"가수 왕을 일곱 번이나 했는데, 몰라?"

나는 그런 질 낮은 음악은 안 듣는다고 말해줬다. 김선주 는 이불로 몸을 감싸곤 아무 말도 하지 않았다.

"어디가 아픈데?"

김선주는 대답하지 않았다.

"너, 꾀병이지?"

희주가 캐물어도 김선주는 입을 열지 않았다.

"네가 쓴 반성문 읽어봤어."

희주의 말에 김선주가 고개를 들었다.

"교무실 청소하다. 너 아주 얘기 잘 꾸며내더라. 우리가 언제 널 괴롭혔니? 아주 웃겨."

나는 희주에게 말소리를 낮추라고 했다.

"애들이 널 싫어하는 건, 우리 탓이 아니야. 네 탓이지. 왜 우릴 걸고 넘어져? 열등감 폭발."

나는 희주가 하고 싶은 말을 실컷 하게 내버려뒀다.

문이 열리고 김선주 엄마가 쟁반을 들고 들어왔다. 희주는 입을 다물었다.

"천천히 놀다 가렴. 뭐 더 필요한 건 없니?"

"저흰 괜찮아요, 어머니."

주스에서 설탕 알갱이가 씹혔다. 나도 희주도 싸구려 주스가 담긴 컵을 내려놓았다.

"너, 정말 아픈 거 맞아? 학교까지 안 다니면 뭐가 되려고."

선주는 벽에 기대 꼼짝도 안 했다. 우리는 김선주 앞에서 김선주 욕을 했다. 대놓고 욕하는 것도 재미있었다.

희주가 팔꿈치로 나를 툭 쳤다.

"쟤, 우나 봐. 너, 울어?"

김선주는 우리 앞에서 소리 죽여 울었다. 나는 자리에서 일어나 김선주에게 말했다.

"꾀병 부리지 마. 너 같은 애 땜에 진짜 아픈 사람도 의심

받는 거야."

그날 저녁, 엄마는 유학을 가자고 했다.

"엄마랑 둘이 피아노만 치자."

아버지는 유학 비용을 보내주겠노라고 했다.

"방학 때 가보마."

아버지가 손을 내밀자 나는 뒷짐을 졌다.

담임 선생님은 아이들에게 내가 오스트리아로 전학을 간다고 알려주었다. 아이들은 부러워했다. 잘츠부르크? 나는 거기가 어딘지 모른다. 낯선·나라로 가서 엄마와 둘이서 하루 종일 피아노에 매달려야 한다. 나는 김선주를 보았다. 고개를 숙이고 있다. 웃고 있는 것 같았다.

체육 시간에 창고에 들어가는 김선주를 보았다. 뒤따라가 창고 문에 철사를 꽂아놓았다. 잠시 후 문이 덜컹거렸다.

"거기 아무도 없어, 문 좀, 문 좀 열어줘."

창고는 쓰레기장과 갈탄 창고 옆에 있다. 체육 시간이 끝날 때까지 아무도 이 앞을 지나가지 않을 것이다. 나는 창고 앞에 서서 기다렸다. 문이 흔들거리고 김선주가 고함을 쳤다. 나는 문에 바짝 다가가 숨을 죽였다. 흔들리던 문이 멈췄다.

"너, 나림이지. 문 열어. 나림아, 나 여기 무서워. 문 좀 열어줘."

나는 문에 얼굴을 대고 속삭였다.

"내가 왜?"

창고문은 떨어져 나갈 듯 덜컹거렸다. 문에 등을 기대자 내 몸도 덩달아 흔들렸다. 거기서 나오고 싶어? 그럼 네 힘으로 문을 부수고 빠져나와. 숨을 내쉬자, 가슴에서 먼지 덩어리가 빠져나가는 것 같았다.

그래, 난 김선주를 괴롭힐 때만큼은 나 자신을 미워하지 않아도 된다. 미운 건 내가 아니라, 김선주. 미움은 안쪽으로 졸아들지 않고 바깥쪽으로 뿌려졌다.

"제발, 문 좀 열어줘, 나림아!"

"아무 소리도 안 들리는데."

김선주는 문에 발길질을 했다. 김선주의 울음소리는 점점 멀어졌다. 그러다 잠잠해졌다. 문에 귀를 대고 방음실처럼 나는 모든 소리를 빨아들였다. 김선주는 저 문 뒤에서, 나와 불과 몇 미터 떨어지지 않는 데서 울고 있을 거다. 나는 문을 열어줄까 말까 망설였다. 하지만 문을 열고 나온 김선주를 마주 볼 자신이 없었다.

나는 운동장으로 뛰어갔다. 선생님이 김선주를 찾았다.

"공 가져오랬는데, 어디 간 거야? 나림아, 너 선주 봤니?"

"어디 구석에서 혼자 놀고 있을 거예요."

선생님은 호루라기를 불어 아이들을 불러 모았다.

내 옆에서 달리던 희주가 물었다.

"너, 정말 그 잘츠 거기에 가는 거야?"

잔뜩 풀이 죽은 목소리였다. 하지만 내가 사라져도 조희주는 금방 다른 친구를 사귈 것이다. 희주는 예쁘고 붙임성도 좋으니까 원하면 누구든 친구로 삼겠지. 얼마 지나지 않아 단짝 친구였던 나는 잊을 거다. 어쩌면 김선주가 나를 더 오래 기억해줄지도 모르겠다.

나는 텔레비전에서 본 오스트리아 이야기를 해주었다. 호수, 숲, 공주가 살던 성이 있는 나라야. 희주는 부러워했다. 이야기하고 나니 거기 가면 잘될 수도 있을 것 같았다. 아무도 나를 기억하지 못하는 곳에 가서 새 출발을 하면 어떨까. 피아노를 못 친 지 벌써 백육 일째다. 고도프스키는 쇼팽의 〈에튀드〉를 왼손만으로 칠 수 있게 편곡했다. 마지막 바퀴를 돌 때 내 머릿속으로 '혁명'이 울려 퍼졌다. 불타는 계단을 다급하게 오른다. 타버린 계단들은, 층층이 잿더미로 무너져 앉고 소리들은 사라진다. 고요한 침묵이 이어졌다. 모든 소리는 어쩌면, 침묵을 도드라지게 만들기 위해 필요한 건지도 모른다.

운동장을 다섯 바퀴 돌고 피구를 했다. 나는 줄을 밟아 금방 죽었다.

나는 회주를 먼저 들여보내고, 운동장 관람석에 앉았다. 운동화를 벗어 모래를 털어냈다. 내 앞으로 긴 그림자가 드리워졌다. 김선주였다. 모른 척하고 운동화를 다시 신었다. 김선주가 내 앞을 가로막았다.

"너, 왜 그랬어."

"저리 비켜."

김선주가 내 손목을 틀어쥐었다. 내가 손을 떼어내려 하자, 아귀에 힘을 주었다.

"아프다니까. 이거 못 봐?"

나는 주위를 살폈다. 수업 종이 울렸고, 운동장은 텅 비었다.

"왜 그랬는데."

"뭘……내가."

"넌, 그런 애가 아니었잖아. 니 피아노 소린…….."

"제발 그만 좀 해. 그렇게 피아노가 좋으면, 네가 치라고!"

나는 김선주의 손가락을 내 손목에서 떼어내려 애썼다.

"더러워, 더러우니까, 이거 놓으라고."

나는 김선주를 세워두고 학교 쪽으로 걸어갔다. 실내화 밑으로 굵은 모래가 질금거렸다. 햇빛에 운동장이 일렁거렸다. 모든 걸 뒤에 두고 멀리멀리 떠나고 싶었다. 불어오는 바람이 운동장의 흙먼지를 날렸다. 발소리가 들렸다. 김선주가 내 팔을 잡았다. 나는 불붙은 종이를 털어내듯 김선주의 손을 뿌리쳤다.

"제발, 날 좀 가만히 내버려둬!"

김선주가 내게로 바투 다가왔다. 오른손에 쥔 칼을 보고 나는 뒤로 물러섰다. 김선주는 바짝 다가와, 나를 끌어안았다. 내 가슴 가까이서 김선주의 심장이 뛰었다. 진동수 이 헤르츠. 옆구리에 뭔가 날카로운 것이 와 닿았다. 손의 떨림이 전해졌다. 나는 김선주의 손을 잡았다. 손끝에 희미하게 전해지는 온기가 좋았다. 손가락에 힘이 들어갔다. 칼이 몸 안으로 들어왔다. 열기가 온몸에 퍼져나갔다. 나는 김선주의 품에서 미끄러져 운동장 바닥에 무릎을 꿇었다.

"왜 그랬어…… 왜."

김선주의 비명 소리는 마개를 뽑아낸 욕조 구멍으로 빨려 들어갔다. 나는 바닥에 뺨을 대고 누웠다. 햇빛이 달군 운동장 바닥은 따뜻했다. 이대로 누워서 쉬고 싶었다.

눈앞이 가물거렸다. 눈을 깜빡거릴 때마다 어둠 속에 밝음이, 밝음 속에 어둠이 띄엄띄엄 섞여 들어갔다. 운동장이 저편 멀리로 사라졌다. 천사들의 연주가 시작되었다. 다시 눈을 뜨면 나는 분명 다른 세상에 있을 것이다. 뺨에 닿은 바닥이 차가웠다. 음표가 끝나고 긴 쉼표가 이어졌다. 꽃잎 한 장이 사뿐, 건반에 내려앉았다. 꽃잎은 소리 없이 건반 위로 굴러갔다. 악보는 다음 장으로 넘어가지 못하고 평화로운 침묵이 이어졌다.

7. 꽃 진 자리, 꽃 필 차례

쉼표 없이 시간은 흘러갔다.

그곳은 미혼모들을 위한 은신처였다. 출산 예정일이 엇비슷한 여자들끼리 한방을 썼다. 서로 본명을 몰랐다. 보호소 밖에서 만나면 알은체하지 않는 건 불문율이었다. 사 호실에는 미숙, 영숙, 윤숙이 머물렀다. '윤숙'으로 불린 여자가 가장 연장자였다.

미숙은 아이가 북유럽에 입양되었으면 좋겠다고 했다.

"아이가 어디로 갈지 우리가 정할 수 있는 건 아니잖아."

여자들은 둘러앉아 수를 놓았다. 턱받이와 포대기에 병아리와 민들레를 수놓았다. 실은 엉키고 바늘땀은 고르지 않았다. 교본에는 턱받이 끄트머리에 아이 이름을 수놓을 자리를 마련하라고 써 있었다.

"이름을 뭐라고 붙일까?"

"그대로 불리지도 않을 텐데."

"이것, 아기를 이렇게 부를 순 없잖아. 태명이라도."

"이름을 부르다 정들면?"

하여 세 여자는 배 속의 아이를 '이것'이라고 불렀다. 이것은 태동하며, 발길질하고, 여자들의 배 속에서 무럭무럭 자라났다.

"얼른 이걸 낳아버리고 나가고 싶어."

"나가면 뭘 할 건데?"

"……몰라. 하지만 다신 이런 실수는 안 할 거야."

미숙은 검정고시 준비를 했고 출산을 끝내자 바로 퇴소했다. 곱슬머리 여아는 배낭을 멘 대학생들과 함께 공항으로 가는 승합차를 탔다. 미숙은 윤숙에게 참고서를 건네주었다. 윤숙은 책 더미를 영숙에게 넘겼고, 영숙은 책들을 재활용 박스에 넣었다. 영숙이 낳은 사내아이는 패혈증으로 태어난 지 사흘 만에 죽었다. 퇴소한 영숙은 그 사실을 몰랐다.

출산 예정일에서 일주일이 지나도록 윤숙의 아이는 나올 기미가 없었다. 산파는 유도 분만을 하자고 했다. 분만 촉진 제를 썼다. 윤숙은 악을 쓰며 아이를 몸 밖으로 밀어냈다. 여기서 그만두면 아이와 함께 매장된다. 죽더라도 나뉘어져 죽고 싶었다. 사내아이의 울음소리는 우렁찼다.

한밤에 윤숙은 눈을 떴다. 배 속이 허전했다. 카디건을 걸치고 조리실로 향했다. 영아실을 지나치던 윤숙은 문득, 멈춰 섰다. 희미하게 아이 울음소리가 들렸다. 윤숙은 황새가 그려진 문을 밀고 안쪽으로 들어갔다. 영아실 안쪽의 플라스틱 상자에 든 아이를 들여다보았다. 강보에 쌓인 커다란 애벌레 같았다. 윤숙은 천을 들추고 손가락과 발가락을 세어보았다. 작았지만 개수는 맞았다. 아이가 두 팔을 뻗어 버둥거렸다. 윤숙이 안아 올리자, 아기는 가슴팍으로 파고들었다. 말랑말랑하고 보드라운 몸뚱이가 품 안에서 꿈틀거렸다. 아기는 가슴에 얼굴을 처박았다. 윤숙은 단추를 풀고 젖을 물렸다. 아이가 젖꼭지를 입안에 밀어 넣고 빨아댔다. 가슴이 뻐근하고 저릿저릿했다. 아이의 이마에 땀이 송글송글 맺혔다. 사납게 젖을 빨던 아이는 배를 채우고는 품 안에서 잠들었다. 윤숙은 품에 안긴 아기의 머리를 쓰다듬었다. 보드랍고 따뜻했다. 볕을 받은 병아리 등짝 같았다.

윤숙은 아이를 안고 보호소를 빠져나갔다. 아기에게 안도라는 이름을 붙여주었다.

저녁 식사를 마친 여자는 아이와 색종이를 접었다. 몇 번 반복해도 아이는 따라 접지 못했다. 구겨진 색종이는 뭉쳐 던지고 여자는 새 종이를 꺼냈다.

"반으로 접어. 접힌 선 따라 세로로 접은 다음, 뒤로 넘겨."

벙어리장갑을 낀 것처럼 아이의 손놀림은 둔했다. 곰 만들기 십오 단계. 난이도 중상. 책의 설명대로라면 접고 펴고 뒤집으면 곰이 접혀 나온다. 맞은편에서 아이는 뭉그적거렸다. 이처럼 척척 만들 수도 있는데, 왜 저처럼 미적대는지 답답했다.

"그러게 엄마 하는 거 똑똑히 보랬지?"

여자는 아이를 남겨두고 설거지를 했다. 수도꼭지를 돌려도 따뜻한 물은 나오지 않는다. 접시 몇 개를 닦고 나니 손등이 발개졌다. 보일러를 돌리면 바닥만 달아올라 냉기가 감도는 집 안은 이글루 같다. 등 뒤는 잠잠하다. 아이는 울고 있을지도 모른다. 하지만 아이가 종이접기를 못하는 건 엄마 잘못이 아니다. 걸핏하면 울먹이는 것도 엄마 탓은 아니다. 울어서 해결될 일은 이 세상에 아무것도 없다. 살면서 아이는 깨닫게 될 것이다. 여자는 세제를 묻힌 수세미로 냄비를 문질렀다. 손잡이의 묵은 때는 여간해서 지워지지 않는다.

"엄마."

여자는 뒤돌아섰다. 아이는 꼬깃꼬깃 접은 종이 뭉치를 내밀었다.

"곰."

여자는 물 묻은 손으로 종이 곰을 받아들었다. 양쪽 귀가 짝짝이에다 꼬리가 없는 곰을 부엌 창가의 선인장 화분 옆에 세워두었다.

여자는 행주에 손을 문질러 닦고 아이와 함께 방으로 들어갔다. 서랍에서 손톱깎이를 꺼내 아이의 발톱을 깎아주었다. 지렛대를 누를 때마다 반달 모양 조각들이 장판에 떨어졌다. 여자는 손가락에 침을 묻혀 발톱 조각을 하나씩 모았다. 아이는 발톱을 왜 그렇게 열심히 모아들이냐고 물었다. 여자는 발톱을 주워 먹고는 주인과 똑같이 변해 그 자리를 차지하는 쥐 이야기를 들려주었다. 아이도 열심히 발톱을 찾았다.

여자와 아이는 불을 끄고 누웠다. 바람이 집을 흔들어 댔다. 이 집에서 맞는 첫 겨울이다. 이번 겨울이 지나면 이사를 가야지. 다음엔 집을 볼 때 보일러부터 꼼꼼히 봐야지. 부동산업자의 성화에 집을 꼼꼼히 살피지 못했다. 두 시간 뒤에 다른 사람이 집을 보러 온다며 계약하지 않으면 선수를 빼앗긴다고 을러댔다. 막도장을 파서 가계약서를 작성했다. 주인은 재개발이 시작되면 즉시 이사를 간다는 조건을 내걸었다. 그래도 마다하지 못한 것은 살고 있던 집의 주인이 빨리 방을 빼라고 성화를 부렸기 때문이다. 주인은 결혼을 앞둔 아들에게 이 층을 내준다며 수시로 줄자를 들고 올라와 벽 치수를 재고 베란다 너비를 쟀다. 아이 발소리가 들리면 득달같이 올라왔다. 비데를 단다고 변기까지 뜯었을 때 이사를 결심했다.

다행히 아이는 이 집을 꽤나 마음에 들어 했다. 마당이라고 해봤자 고양이 이마만 했고, 폐허처럼 잡초가 무성했지만 아이는 그네의 녹슨 쇠줄을 잡고 깔깔깔 발을 굴러댔다. 그러나 이사 오고 며칠이 안 돼 낡은 한옥집은 진면목을 드러냈다. 비만 내리면 누전차단기가 내려갔다. 화장실에서 똥을 누고 있던 아이는 비명을 질러댔다. 문을 열고 타일 바닥을 더듬어 아이를 끌어냈다. 바지를 끌어 올려주고 신발장을 뒤졌다. 서랍 속을 더듬으니 망치와 못, 스카치테이프가 만져졌다. 아이는 치맛자락을 잡아당겨댔고, 집 안은 깜깜했다.

여자는 서랍을 뽑아 마루에 쏟아냈다. 쭈그리고 앉아 양손으로 바닥을 더듬었다. 손에 잡히는 것마다 손전등이 아니었다.

"여기 뒀는데, 어디로 간 거야!"

아이가 훌쩍거리며 손전등을 가지고 놀다가 고장 냈다고 털어놓았다. 그림자놀이란 걸 하다가 손전등을 박살 냈다는 것이다. 여자가 소리를 지르자 아이는 뒤로 물러섰다. 불러도 대답하지 않았다. 팔을 허우적거려도 아이는 잡히지 않았다.

여자는 신발장을 두드려댔다. 문짝이 들썩거리고, 신발장 위에 꽂아둔 우산이 바닥에 떨어졌다. 별안간 온 집 안이 환해졌다. 냉장고가 윙윙대고 텔레비전에서 노랫소리가 흘러나왔다.

바닥에 주저앉은 아이는 발바닥을 싸쥐고 있다. 여자가 다가가자 아이는 엉덩이로 움찔움찔 물러났다. 바닥에 흩어진 못들 중 몇 개는 끄트머리가 빨갰다. 발에 손을 대기도 전에 아이는 비명부터 질러댔다. 여자는 아이의 눈을 보며 말했다.

"얼마나 다쳤는지 보려는 거야."

발바닥 가운데 팥알만 한 구멍이 뚫렸다. 손에 힘을 주자 피가 질금 흘러나왔다. 피를 본 아이는 발바닥을 틀어잡고 울어댔다. 발 디딘 자리마다 꽃잎 모양의 핏자국이 지질렀다. 여자는 우는 아이를 들쳐 업고 응급실로 달려갔다. 의사는 별것 아니라고 했지만 아이는 보란 듯 사흘 동안 절뚝거리며 다녔다.

전파상 남자는 달력을 떼어내고 두꺼비집 뚜껑을 열었다.

"다음부터 전기가 나가면 두꺼비집을 이렇게 올렸다, 내렸다."

정전의 원인을 묻자 전파상 남자는 전선이 낡았으니 벽을 뜯어 모조리 교체하는 수밖에 없다고 했다. 주인은 전화를 받지 않았다. 중개업자는 세상천지를 뒤져도 그 돈으로 그만한 집을 구할 수 없다고 했다. 웬만하면 참고 살라는 것이다. 세상에 문제없는 집이 어디 있습디까. 나라도 재개발될 집 수리비는 못 내놓지. 보증금이 싼 데는 다 이유가 있지.

장마가 끝날 무렵 옥상에 물까지 차올랐다. 바지랑대로 빨랫줄을 높여야 했다. 바람에 시달리던 이불이 물웅덩이에 잠겼다. 여자는 구정물을 빨아들인 솜이불을 안고 계단을 내려갔다. 웃옷에는 황토색 물 얼룩이 졌다.

여자는 아이를 홈통 끝에 앉혔다.

"여기 꼼짝 말고 있어. 뭐든 나오면 엄말 부르고."

아이는 다리를 모으고 시선을 홈통 끝에 고정시켰다. 양쪽 눈이 가운데로 몰렸다. 여자는 철제 계단을 밟고 옥상으로 올라갔다. 복숭아뼈까지 차오르는 구정물을 헤치고 구멍 주위의 낙엽과 헝겊 나부랭이를 거둬내고 철망을 밀쳤다. 검은 우산으로 쑤석거리자 뭔가 걸렸다. 힘을 주자 검은 우산은 구멍으로 밀려들어 갔다. 고였던 물이 손가락 세 마디쯤 수챗구멍으로 끌려들어 갔다. 여자는 바지랑대를 들고 난간에 섰다. 저 밑으로 아이의 정수리가 내려다보였다.

"뭐, 좀 보여?"

"어엉."

여자는 슬리퍼를 찍걱거리며 철제 계단을 밟아 내려갔다. 홈통 앞에서 아이는 잿빛 덩어리를 쥐고 흔들어댔다. 물에 퉁퉁 분 주먹만 한 쥐였다. 털이 빠진 자리에 드러난 살갗은 분홍색 얼룩처럼 보였다. 아이는 쥐꼬리를 잡고 돌려댔다. 쥐 대가리가 좌우로 흔들거렸다. 여자가 버리라고 고함치자, 아이는 축 늘어진 쥐를 담 너머로 던졌다.

"홈런이다!"

여자는 아이 손에 비누칠을 하고 소독약도 발라주었다. 그래도 찝찝했다. 쥐가 옮기는 병이 뭐였더라.

어묵을 오물거리며 아이는 쥐꼬리가 아주 말랑말랑하다고 했다.

여자는 물에 젖은 손으로 수화기를 들었다. 집주인은 전화를 받지 않았고, 여자는 아이를 거느리고 중개업소를 찾아갔다. 영광 부동산은 그사이 '영광 분식'으로 바뀌어 있었다. 앞치마를 두른 전직 중개업자는 업종 전환을 했으니, 자기는 더 이상 상관하지 않겠다고 했다. 아이는 식탁에 앉아 떡볶이를 사달라고 징징거렸다. 여자는 아이 손을 끌고 나오면서 이번 여름엔 바닷가에 가자고 달랬다.

"거짓말, 맨날 그랬잖아."

여자는 교정지를 집에 들고 와 밤을 샜다. 논문 초록을 영어로 번역하는 아르바이트도 받아왔다. 2박 3일의 휴가를 남쪽 도시에서 보냈다. 코끼리 인형을 안고 돌아온 아이는 다음 여름에도 바다를 보러 가자고 말했다.

가을이 되자 김장 시장이 열리는 공터에 서커스단이 천막을 쳤다. 지붕들 위로 꼬리를 매단 애드벌룬이 둥싯거렸다. 아이의 성화에 여자는 공연을 보러 갔다. 관객들 대부분은 무료 초대권을 내밀었다. 여자와 아이는 맨 앞자리에 앉아 공연 시작을 기다렸다. 트럼펫 소리가 그치고 단장이 등장했다. 그는 비틀거리며 역사적인 고별 무대에 와주신 분들께 감사드린다고 했다. 마이크를 잡고 〈곡예사의 첫사랑〉이란 노래를 불렀다. 노래라기보다는 가락 맞춘 술주정에 가까웠다. 후렴 부분이 시작되자, 피에로 둘이 무대 안쪽으로 단장을 끌고 들어갔다.

줄 타는 여자는 그물로 떨어지고 색색 접시는 두어 바퀴 돌다 말고 떨어져 박살이 났다. 요술사가 궤짝을 열자 잠을 자던 난쟁이가 굴러떨어졌다. 사람들이 야유를 했다. 단장은 분명히 마지막까지 최선을 다하겠다고 혀 꼬부라진 목소리로 다짐하지 않았던가.

천장에 매달린 조명이 무대를 밝혔다.

"이제부터 사자와 인간의 한판 승부가 시작됩니다."

조련사가 사자와 함께 무대에 등장했다. 둘은 회식 자리에 가는 중년 직장인들처럼 보였다. 비로드 천에 스팽글이 박힌 조련사의 바지가 반짝거렸다. 사자는 나무 궤짝에 해태상처럼 앉았다. 조련사가 신호를 보내자, 사자는 입을 쩍 벌렸다. 조련사는 사자의 입에 머리를 밀어 넣었다. 너무나 자연스럽게 행동해, 관객들은 잠시 후에야 무슨 일이 있었는지 눈치챘다.

"사자가 입을 다물면 저 아저씬 죽지?"

"아까 핫도그 먹고 싶댔지?"

여자는 잡상인을 불러 핫도그를 하나 달라고 했다.

"사자는 사람을 먹는대."

아이는 텔레비전에서 본 장면을 떠올리며 몸서리를 쳤다. 전속력으로 달려간 사자는 얼룩말의 목덜미를 물어뜯었고, 뒤이어 온 사자는 옆구리에 이빨을 박았다. 사자들은 뱃구레에 머리를 처박고 내장을 잡아당겼다. 아이가 쥐고 있던 핫도그에서 케첩이 흘러내렸다.

"사자가 재채기라도 하면."

여자는 아이 바지에 묻은 케첩을 닦아주었다.

"저 사자는 새끼 때부터 훈련을 받았어."

조련사는 사자 머리에 얼굴을 처박고 있고, 사자는 충치 치료를 받는 것처럼 입을 좍 벌리고 있다. 다른 묘기 없이 조련사는 사자 입에 얼굴을 줄곧 처박고 있다. 숨 참기 훈련을 하는 사람 같았다. 사자 머리를 뒤집어쓰고 무슨 생각을 하고 있을까. 명상이라도 하고 있는 건가. 사자는 입안에 조련사의 머리를 두고 무슨 생각을 하고 있을까?

집어치워!

깡통과 비닐봉지가 무대로 날아갔다. 소주병이 흙바닥에 떨어졌다. 무대 뒤쪽에서 소주잔을 기울이던 피에로가 튀어나왔다.

"진정하십쇼. 문화와 예술을 사랑하시는 관객 여러분."

관객들은 더 큰 소리로 야유를 퍼부었고, 맥주 캔이 날아갔다. 사자와 조련사는 꼼짝도 하지 않았다. 아이는 좌석에서 몸을 움츠렸다.

"아무 일 없을 거야, 저 아저씬 전문가니까."

"사자가 전문가는 안 먹어?"

"사자가 자기를 물 리 없다고 믿는 거지."

"사잘 믿어?"

"서로 믿는 거야."

조련사가 머리를 빼내자 아이는 힘차게 박수를 쳤다. 사자는 하품을 하고는 궤짝 아래로 풀쩍 내려섰다. 조명 아래에서 침에 젖은 남자의 머리카락이 번들거렸다. 사육사는 사자를 끌고 무대 뒤로 사라졌다. 둘은 퇴근길에 술집으로 향하는 직장 동료 같았다.

아이는 포스터에 나온 코끼리를 봐야 한다며 꼼짝하지 않았다. 청소부는 코끼리가 지난 가을에 죽었다고 했다. 포스터는 오래전에 인쇄했고, 이동을 할 때마다 장소와 시간만 바꿔 붙인다는 것이다. 여자는 포스터 앞에 서 있는 아이의 손을 잡아끌었다.

집으로 돌아오는 길에 아이는 죽은 코끼리는 어떻게 되느냐고 물었다.

"묻어주지."

"구덩이가 엄청나게 크잖아."

"굴착기가 있잖아."

아이는 땅에 묻힌 코끼리는 어떻게 되느냐고 물었다. 땅속에 묻힌 시체는 문드러졌다, 썩어 흙으로 돌아간다, 고 여자는 말하지 못했다.

"코끼리는 천국으로 가."

천국에 커다란 동물원이 있어. 코끼리, 사자, 판다도 죽으면 천국의 동물원에서 사는 거야. 초원에 살던 동물들은 천국의 초원으로, 동물원에 있던 동물들은 천국의 동물원으로 간다. 아이는 구름 위에 세워진 동물원을 떠올렸다. 발바닥 밑은 따뜻하고 폭신했다.

"엄마, 그럼 사람은?"

여자는 아이의 손을 꼭 잡았다. 검은 하늘에는 구름 한 점 없다.

"사람도 동물이야."

"사람이? 나도?"

아이는 하품을 했다. 여자는 아이 앞에 쭈그리고 앉아 등을 내밀었다. 아이가 기어 올라오자 여자는 일어섰다.

"엄마, 나 무겁지?"

아이는 요즘 들어 부쩍 자랐다. 여자는 등허리에서 흘러내리는 아이 궁둥이를 밀어 올렸다.

"하나도 안 무거워."

아이는 양팔로 여자의 목을 감싸 쥐었다.

"거짓말. 무겁지?"

여자는 멈춰 섰다. 발밑에 그림자가 드리워져 있다. 그림자의 몸통에 머리 두 개가 비죽 솟아 나와 있다. 아이가 등에 얼굴을 파묻자, 두 사람의 그림자는 이음새 없이 맞붙었다.

"진짜론 무겁잖아. 무겁지? 무겁지?"

아이는 등 뒤에서 보채듯 물어댔다.

"응. 무거워."

아이는 여자의 등에서 내려섰다. 포개졌던 그림자는 둘로 쪼개졌다. 아이는 여자의 손을 잡았다. 두 개의 그림자는 나란히 집으로 향했다.

*

오전 일곱 시. 협탁 위의 알람이 울렸다.

오전 여덟 시. 어린이집 버스에 올라탄 아이는 창에 붙어 손을 흔들었다. 여자도 아이를 향해 빠이빠이를 했다.

오전 아홉 시. 사무실 꽃병의 물을 갈아주고, 배달된 신문을 스크랩했다. 급한 번역 원고를 마무리했다.

오전 열 시 사십 분. 사장이 전화를 걸어 원고가 입고되었느냐고 물었다.

오전 열한 시. 여자는 마감일을 넘긴 필자 셋에게 독촉 전화를 걸었다. 둘은 그럴듯한 이유들을 댔고 다른 한 명의 전화기는 꺼져 있었다.

열두 시. 여자는 식당에 앉아 라디오를 들었다. 오늘의 점심 메뉴는 순두부찌개. 터진 노른자가 물렁한 두부에 얹혀 있다.

오후 한 시 이십 분. 일러스트레이터는 꼬박꼬박 말대꾸를 했다. 요지는 당신이 그림에 대해 뭘 아느냐는 거다. 마감일을 훌쩍 지나 들고 온 그림은 수준 이하였다. 책 제목은『개구리왕자』. 그녀는 개구리 대신 두꺼비를 그려 왔다. 일러스트레이터는 손톱으로 소매에 묻은 물감 덩어리를 긁작거리며, 개구리나, 두꺼비나 그게 그거 아니냐고 했다. 여자는 포스트잇이 붙은 도감을 펼쳐 개구리와 두꺼비를 번갈아 보여 주었다. 당신 개구리는 영락없이 두꺼비다. 이런 개구리는 벽에 죽어라 패대기쳐도 왕자로 변하지 않는다. 뭉개질 뿐이다.

오후 세 시 십오 분. 자판기 커피는 너무 달았다. 점심 먹은 게 얹혔는지 속이 더부룩했다. 여자는 커피를 세면기에 버리고 변기에 걸터앉았다. 페인트칠을 새로 한 화장실 문짝은 말끔했다. 전에 적혀 있던 내용은 아무리 더듬어봐도 떠오르지 않았다. 화장실 낙서 따위를 기억해내서 뭐하나. 여자는 손을 뒤로 뻗어 변기 레버를 내렸다. 정전기가 올라 치맛자락이 엉덩이에 달라붙었다.

오후 다섯 시 삼십 분. 소매 단추가 대롱거렸다. 여자는 단추를 뜯어내고 서랍에서 반짇고리를 꺼냈다. 실기둥을 만들어 칭칭 감자 단추는 외투에 단단하게 매달렸다.

오후 일곱 시 사십오 분. 주머니에서 동전이 튀어나와 책상 아래로 굴러 들어갔다. 편집장은 자판을 두드리며 양발을 들어올렸다. 내일까지 인쇄소에 번역 원고를 넘겨야 한다고 말했다. 여자는 책상 밑으로 기어 들어가 동전을 주웠다. 팔백 삼십 원. 책상 아래에서 낡은 구두와 볼펜 뚜껑, 구겨진 메모지를 끌어냈다.

오후 여덟 시 십 분. 여자는 잘못 복사된 서른 장의 파지를 이면지 상자에 넣었다. 소화불량 증세는 가시지 않았다. 서랍을 열자 병들이 부딪치며 달그락거렸다. 여자는 서랍에서 가스활명수를 꺼냈다. 빈 병에는 다음과 같은 경고 문구가 붙어 있다.

'어린이 손에 닿지 않는 건냉한 장소에 보관하시오.'

오후 아홉 시 십 분. 우산을 접자 눈이 사방으로 튀었다. 계단에 군데군데 눈 덩어리가 떨어져 있다. 여자는 난간을 잡고 지하철 계단을 밟아 내려갔다. 계단참에 걸인 노파가 앉아 있다. 손등에는 딱지가 더덕더덕 앉았고, 귓바퀴는 뜯겨 있다.

노파는 입술을 빨아들였다. 여자는 주머니에서 동전을 꺼내 던졌다. 노파는 뼈가 앙상하게 드러난 팔로 머리를 감쌌다. 그것이 노파의 인사법이었다. 여자는 이제껏 소쿠리에 습관적으로 적선했다. 주머니의 동전을 잡히는 대로 던져 넣어 지금까지 얼마를 주었는지 알 수가 없다.

여자는 노파가 불쌍해서 적선을 하는 것은 아니었다. 그냥 지나치면 뒤통수가 따가웠기 때문이다. 여자는 노파가 자신을 노려보고 있다고 생각했다. 하지만 그 노파는 태어날 때부터 장님이었다.

오후 아홉 시 사십 분. 여자는 생선 가게 앞에 멈춰 섰다.

8. 코끼리의 왕

내 이름은 안도. 올해 여섯 살, 솔바람 어린이집에 다닌다. 조안도란 이름은 싫다. 애들이 조안나라고 놀린다. 바닐라맛 조안나. 이천오백 원. 내 이름도 다른 애들 같았으면 좋겠다. 엄마에게 이름을 바꿔달라고 했다.

엄마는 이런 이야기를 들려주었다.

자, 먼 옛날 페르시아에 '안도'란 왕이 있었어. 백 마리 코끼리를 부하로 거느린 위대한 왕이었지. 다른 왕이 시시하게 말이나 전차를 타고 다녔다면, 안도 왕의 자가용은 코끼리였단다. 안도 왕의 코끼리 군단이 뜨면 적들은 부들부들 떨었대. 코끼리들이 사막을 가로지르면 구름 같은 먼지가 피어올랐단다. 코끼리를 끌고 사막을 가로질러 세계를 정복한 '코끼리의 제왕 안도'. 어때, 멋지지?

그래도 싫다. 어른이 되면 나도 엄마처럼 이름을 바꿀거다. 우리 엄마는 이름이 여러 개다. 지금은 윤수인, 하지만 진짜 이름은 김선주다. 아주 오래전에 누군가 엄마의 이름을 뺏어 갔단다. 나는 이름도 훔쳐 갈 수 있는 건지 몰랐다. 엄마는 진짜 이름은 진짜 사랑하는 사람에게만 알려준다고 했다. 그러니까 아무한테도 말하면 안 돼. '김선주'를 아는 사람은 이 세상에 너랑 나, 단둘뿐이야.

완전 거짓말이었다.

*

어린이집을 나서는데, 누가 날 불렀다. 돌아보니 야구 모자를 쓴 아저씨가 서 있다. 엄마 이름이 김선주 맞지? 나는 놀라 눈을 껌뻑거렸다. 엄마는 자기 이름을 남에게 알려주지 말라고 했지, 자기 이름을 아는 사람에게 어떻게 해야 할지는 알려주지 않았다. 거짓말을 해서는 안 된다. 예, 라고 대답하니, 낯선 사람은 늑대라고 했던 엄마 말이 떠올랐다. 얼마 전 엄마가 할아버지와 골목길을 걷던 걸 봤기 때문이다. 할아버지는 나에게 잘 지내느냐고 안부를 물었다. 내가 응, 이라고 대답했더니 내 머리를 쓰다듬어 주었다. 엄마는 부리나케 달려와 나를 데려갔다. 엄마가 자꾸 손을 잡아끄는 바람에 나는 할아버지에게 작별 인사도 제대로 못했다.

낯선 사람을 따라가면 어떡해? 나는 바닷가에서 코끼리 인형을 팔던 할아버지라고 했더니, 엄마는 그래도 낯선 사람이라고 했다. 얼굴을 알아도 낯선 사람이냐고 물었더니, 엄마는 잘 알지 못하는 사람은 무조건 낯선 사람이라고 했다.

내가 돌아서자, 아저씨가 날 불렀다. 왜요? 했더니, 대뜸 자기가 우리 아빠라고 했다.

아빠?

'아빠'는 그림책에나 있다. 『무지개 비버 가족』. 엄마가 글자를 짚으면 내가 읽었다. 할머니, 할아버지, 엄마, 그리고 '아빠'.

아빠, 아빠, 아빠? 그러고 보니 다른 아이들은 모두 아빠가 있었다. 아이들은 아빠를 데리고 나와 자전거도 타고, 야구도 했다. 나에겐 함께 놀아주는 키 큰 남자 어른이 없었다. 나한테는 엄마뿐이다.

어린이집에서 가족사진을 가져오라 했다.

풀칠을 해서 도화지에 붙이고 밖에 나가 가족을 소개했다. 돌잔치 때 찍은 사진이라고 했다. 한복을 입은 많은 사람들이 아기를 둘러싸고 웃었다. 가운데 있는 게 자기라는데 잘 안 보였다. 하지만 내 사진에서는 내가 아주 잘 보인다. 엄마랑 나랑 둘뿐이니까. 것도 엄마 얼굴은 찍히지 않고, 엄마 품에 안긴 내 얼굴만 큼지막하다. 내가 주인공이다. 하지만 방울토마토만 하나 달랑 놓인 식판 같았다.

그날 엄마한테, 나는 왜 엄마밖에 없느냐고 물었다. 컴퓨터 앞에 앉아 자판을 두드리며 엄마는 말했다.

"엄마가 있잖아."

"할머니, 할아버지는?"

"안 계셔."

"삼촌도 이모도 다 없어?"

"…… 이 닦고 자야지."

"몽땅 다 죽었어?"

엄마는 자리에서 일어났다. 모니터 불빛을 등 뒤에 둔 엄마는 좀, 귀신 같았다. 가족을 몽땅 잃은 사람은 고아라고 부른다. 그럼, 엄마는 고아인 걸까? 아빠는 없어도 엄마가 있으니, 난 고아는 아니다. 며칠 뒤에 어린이집에 가다가 물어보니까, 엄마는 아빠가 하늘나라에 갔다고 했다. 나는 그네에 앉아 하늘을 올려다봤다. 아무도 보이지 않았다. 구름이 가린 걸까. 달 뒤에 숨은 걸까. 그래서 달은 날 쫓아다니는 걸까.

그런데 하늘나라에 갔다던 아빠가 돌아왔다. 다른 아이들의 아빠처럼 출장 갔다 돌아온 걸까. 하늘나라에서. 이제는 나도 하늘나라에 갔다는 게, 뭔지 안다. 죽은 사람은 영영 돌아오지 않는다. 땅에 묻은 금붕어처럼 말이다. 어린이집 선생님이 나눠준 금붕어는 사흘 있다 물 위로 떠올랐다. 엄마는 금붕어가 죽었다고 했다. 땅에 금붕어를 심으면, 내년 봄에 다시 돋아날 거야, 꽃들처럼. 나는 금붕어가 열린 나무를 생각했다.

"아니야, 금붕어는 먼 데로 갔어."

"영영 안 돌아와?"

"친구 금붕어들이랑 헤엄치며 놀고 있을 거야."

"천국 동물원엔 수족관도 있는 거지."

그때는 삽을 들고 엉엉 울었지만 아빠가 죽었다는 말을 들었을 땐 울지 않았다. 얼굴을 보지 못한 사람이 죽은 건 슬프지 않다. 금붕어에게는 내가 '빠끔이'란 이름도 붙여줬다. 얼굴도 익혔다. 구멍 뚫린 주머니에서 빠져나간 구슬 같았다. 자꾸 손가락으로 구멍을 만지작거리게 만드는. 하지만 아빠는 한 번도 가져본 적이 없는 여의주 같은 거다. 가지면 어떨까, 상상만 해봤다. 없다고 슬프지는 않다, 많이 섭섭할 뿐.

그런데 이 아저씨가 내 아빠란 게 진짤까?

아저씨는 지갑에서 사진 한 장을 꺼냈다. 분수대 앞에 두 사람이 끌어안고 있다. 아저씨는 한 사람씩 콕콕 집으며 엄마랑 자기라고 했다. 그러고 보니, 오른쪽 긴 생머리 여자는 엄마를 닮았다. 활짝 웃는 얼굴이 낯설었다. 아저씨는 왼쪽에 앉은 남자를 가리키며 자기라고 했다. 음, 그런 것 같다. 그러고 보니 나와도 좀 닮았다. 아저씨는 이 사진 속에 나도 있다고 했다. 암만 뜯어봐도 나는 어디 있는지 못 찾았다. 분수대 뒤에 숨어 있는 걸까, 그때도 나는 숨바꼭질을 좋아한

걸까?

아저씨는 엄마 배 속에 있어서 안 보이는 거라고 했다.

"두 달쯤 됐을 거야. 나도 이땐 몰랐었지."

사진 속의 두 사람은 단짝 같았다. 싸운 걸까? 어제까지
는 친했다가 싸우고 말도 안 해본 친구가 있다. 궁금한 건 못
참는 나는(솔직히, 질문을 하면, 어른들이 나를 봐주기 때문이다.
호기심이 많다고 칭찬도 해준다.) 엄마가 아빠 죽었다고 했는
데요, 왜 그랬을까요? 하고 물었다.

"……."

아저씨는 목이 마르다며 뭘 좀 마시러 가자고 했다. 낯선
사람을 따라가서는 안 된다. 낯선 아빠도 낯선 사람일까. 아
저씨는 내 손을 잡고 성큼성큼 걸었다. 편의점에서 아이스크
림을 샀다. 상영이 엄마는 아저씨를 위아래로 살폈다.

나는 "우리 아빠예요."라고 말해버렸다. 아저씨와 아줌마
는 어색하게 인사를 나누었다. 그사이 나는 사탕과 껌도 계
산대 위에 올려놓았다.

동네 공터로 향하며 아저씨는 자기를 만난 걸 비밀로 하
고 했다. 비밀? 엄마는 정직한 아이가 착한 아이라고 했다.

222

손을 안 닦았는데, 닦았다고 우기면, 엄마는 단박에 알아봤다. 하지만 엄마는 아빠가 죽었다는 어마어마한 거짓말을 했다. 아빠는 만나자마자 거짓말부터 시킨다. 나의 엄마 아빠는 둘 다 거짓말쟁이였다.

살아 있는 사람을 죽었다고 한다.

만난 사람을 안 만났다고 한다.

머리가 아프다. 구구단 팔 단 같다.

아저씨는 너도 야구 좋아하지? 하며 가방에서 글러브를 꺼냈다. 바나나 송이처럼 큼직한 글러브에는 꼬리표도 달렸다. 새것 냄새가 났다. 아저씨는 글러브를 끼고 쭈그려 앉더니 캐치볼을 하자고 졸랐다. 글러브가 탐났다. 놀아주기로 마음먹었다. 하지만 아저씨는 열심히 놀 생각은 하지 않고 시늉만 내려 했다. 내가 던진 공을 잘 잡아내지도 못했다. 내가 던진 공도 아저씨의 글러브를 비껴 나갔다. 공은 자꾸만 멀리로 날아갔다. 아저씨는 쭈그리고 앉은 채, 공이 떨어진 자리만 알려줬다. 나는 담이 튕겨낸 공을 줍고, 잡초에 묻힌 공을 집어냈다. 재미가 없었다. 내가 꼼짝도 하지 않자, 아저씨는 그만하자고 했다. 여하튼 글러브는 내 거다.

엄마가 옷장에 숨겨둔 글러브를 찾아냈다. 주웠다고 하자 엄마는 거짓말하지 말라고 했다. 정말이라니까 당장, 제자리에 갖다 놓고 오라고 했다.

내 것이라고 끌어안으니, 엄마는 잃어버린 사람이 얼마나 속상할지 생각해보라고 했다. 글러브 때문에 속상할 사람은 나뿐이다. 이건 정말, 내 건데. 울어도 소용이 없었다. 텔레비전에서 바나나 따는 원숭이들을 본 적이 있다. 꿍꿍대며 야자나무에 올라가 따온 바나나를 뺏겼을 때, 원숭이는 얼마나 화가 났을까.

아빠는 죽었다고 하고, 글러브도 빼앗은 엄마가 미웠다. 아이들에게 아직 자랑도 하지 못했다. 글러브를 준 걸 비밀로 하라는 아빠도 미웠다. 아침에 보니까 눈이 모기에 물린 것처럼 퉁퉁 부었다. 엄마는 나에게 글러브를 사주겠다고 말했다. 대신 남의 물건을 함부로 주워오지 말라는 말을 덧붙였다.

"도둑질이나 마찬가지야."

거짓말을 하는 사람은 사기꾼이라고 한다.

엄마가 사주겠다고 말한 백 가지 물건 중에 진짜 사준 건 거의 없다. 엄마는 매일 기다리라고 말한다. 나는 어른이 되어야만 내가 원하는 장난감을 가지고 놀 수 있을 거다. 어른들은 장난감 총이나 로봇을 가지고 놀지 않는다. 나는 가져보지도 못한 장난감을 시시해하는 어른이 될지도 모른다. 싫다. 나는 어른이 되어도 꼭 장난감을 가지고 놀 거다. 돈을 많이 벌면 내가 원하는 장난감을 실컷 살 거다.

아저씨는 다음 날에도 찾아왔다. 이번엔 편의점에 갔다. 파라솔 밑에 앉아 음료수를 마셨다. 빨대를 저으니 얼음이 달그락거렸다. 나는 아저씨가 글러브에 대해 물어보면 잃어버렸다고 거짓말을 해야 한다.

아저씨는 다행히 글러브는 까먹은 것 같았다. 아저씨는 맥주를 마시고, 나는 새우깡을 집어 먹었다. 아저씨는, 아니 아빠는 자기 이야기를 들려주었다.

아저씨는 외국, 여기서 비행기로 열여섯 시간을 가야 하는 곳에서 왔다고 했다. 자기가 아주 유명한 성악가, 그러니까 가수고 지난 크리스마스 때는 카네기홀에서 공연도 했단다. 텔레비전에 나오지 않는 사람은 대단한 사람이 아니다. 컵 속의 얼음을 입에 털어 넣었다. 입안이 얼얼해 뱉어냈다.

노래를 불러달라니까, 아저씨는 헛기침을 하고 주위를 둘러보았다. 가슴을 펭귄처럼 내밀고 이상한 소리를 냈다. 토하고 싶은데 참는 사람 같다. 못 들어줄 소리였다. 아저씨는 노래를 멈추고 새우깡을 씹었다. 손바닥을 털더니 불쑥 엄마와 사는 게 좋으냐고 물었다.

바보 같은 질문이다.

아저씨는 손수건으로 목덜미를 닦아냈다. 맥주 한 캔을 더 사왔다. 그리고 자기가 사는 집 이야기를 했다. 풀장에, 너른 잔디밭에서 개도 뛰논단다. 개 사진도 보여줬다. 노란 공을 문 개는 폴, 사냥개란다. 공을 던져주면 덥석 물고 온다고 했다. 폴은 아저씨가 실망할까 봐 참는 건지도 모른다.

"어때, 아빠랑 같이 사는 건."

아저씨는 내 방도 만들어주고, 장난감도 많이 사주겠다고 했다.

"엄만요?"

아저씨는 맥주만 홀짝거렸다.

"왜 나랑은 같이 살자는 건데요?"

아저씨는 살에 짓눌린 작은 눈을 껌벅거렸다.

"넌, 내 아들이니까."

저녁밥을 먹다 밥을 흘렸다. 엄마 눈이 쭉 째졌다.

"밥 좀 고만 흘려. 수저질 못해? 니가 아가야?"

모기가 들어간 것처럼 귀가 윙윙거렸다. 화를 내는 엄마 앞에서 나는 입을 다문다. 엄마를 말로 이길 순 없다. 오늘따라 엄마는 피곤해 보인다. 회사에서 무슨 일이 있었나 보다. 카드값이 나왔나. 이유는 모르겠다. 선생님은 화산은 갑자기 폭발한다고 했다. 화산 폭발 때문에 공룡이 멸종했다.

내가 참고 기다리면 엄마는 원래 내 엄마로 돌아온다.

"조심조심 먹어. 밥이 아깝잖아."

눈물이 나올 것 같아 눈을 힘껏 치켜떴다. 그러곤 수저로 밥을 조심스럽게 퍼먹었다. 저녁을 다 먹고 엄마에게 물었다.

"엄마는 나랑 사는 게 좋아?"

엄마는 젓가락질을 멈추고 날 가만히 바라보았다.

"말도 안 되는 소리."

나는 엄마의 얼굴을 살폈다.

"엄마는 안도 없이는 못 살아."

"정말이야?"

"너 오늘 어린이집에서 무슨 일 있었어? 철영이랑 또 싸웠어?"

내가 아니라고 하자 엄마는 이 닦고 세수하고 자라고 했다. 치약이 다 떨어졌다고 하자 엄마는 엄마 치약을 쓰라고 했다. 어른 치약은 매웠다.

자려고 누웠는데 철영이 생각이 났다.

"아빠는 엄마가 나 땜에 달아났대."

철영이는 겨울에도 맨발에 슬리퍼다. 발꼬락이 꽁꽁 얼었다. 다행히 철영이는 추위를 타지 않았다. 가끔 냉동고에 갇히기 때문이다. 말을 안 듣고 파를 안 먹고 오줌을 싸면 아빠가 가둔단다. 철영이 집은 정육점이다. 철영이는 언젠가 엄마가 냉동고 문을 열어줄 거라고 했다. 너희 엄만 도망 갔다며? 철영이는 엄마가 정말 멀리 도망가지는 않았을 거라고 했다. 근처에서 날 지켜보고 있어.

"진짜, 엄말 봤어?"

철영이는 고개를 끄덕였다.

"어디서?"

"어젯밤에도 봤어. 자는데 꿈에 나왔어."

내가 막 웃자, 철영이는 주먹으로 내 얼굴을 때렸다.

아저씨는 내년에 다시 찾아오겠다고 말했다.

"내년 여름에 또 야구를 하자. 그때까지 건강하고 튼튼하게! 파이팅!"

아저씨는 전화번호를 적은 종이를 주었다. 전화번호는 굉장히 길었다.

*

영진이 형은 치사하다. 뭐든 자기 맘대로 한다. 자기 집이니까 싫으면 나가라고 했다.

집으로 돌아와 텔레비전을 켰다. 〈원피스〉를 봤다. 고무, 고무! 루피의 팔이 쭉쭉 늘어났다.

나쁜 놈들이 다 쓰러졌다. 나도 악마의 열매를 먹었으면 좋겠다.

문 열리는 소리가 들렸다. 엄만가? 돌아보니 현관에 뚱뚱한 할머니가 서 있었다. 꽃이 달린 옷을 입은 할머니는 동화 속 마녀 같았다.

누구냐고 물으니까, 할머니는 엄만 집에 없냐고 물었다.

엄마는 오늘 야근한다고 그랬다.

내가 고개를 흔들자 할머니는 내 옆에 앉았다.

"너 안도 맞지? 만나서 반갑다."

처음 본 할머니는 내 이름을 안다. 누구냐고 물으니까 할머니는 엄마 친구라고 했다. 거짓말. 할머니는 엄마의 친구가되기엔 너무 늙었다. 사실이라면 난 산타 할아버지 친구다.

할머니는 내 머리를 쓰다듬었다. 강아지를 쓰다듬는 것같다. 고개를 흔드니까 자기는 무서운 사람이 아니라고 했다. 웃으니까 입가에 주름이 자글자글 잡혔다. 입술이 똥구멍같다.

할머니는 주머니에서 사탕을 꺼냈다. 받지 않으니까 할머니는 막대 사탕을 까닥거렸다.

"싫어? 딸기맛인데."

껍질을 벗기더니 사탕을 빨아먹었다. 왜 어른들은 사탕만

주면 아이들이 좋아할 거라고 생각할까.

"아이고 맛있다."

침이 고였다. 하지만 엄마는 낯선 사람이 주는 건 절대 먹지 말라고 했다.

뭘 사준다면 싫다고 해. 따라오면 소리 질러, 달아나.

왜냐고 묻자 엄마는 세상에 나쁜 사람들이 있고, 그 사람들은 아이를 잡아가고 부모에게 돈을 달라고 한다고 말했다.

"왜 그러는 건데?"

"……나쁜 사람이니까."

나는 또 궁금해서 물었다.

"나쁜 사람인지 어떻게 알아?"

엄마는 나쁜 사람은 척 보면 안다고 했다. 동화책에서 본 나쁜 사람들은 얼굴에 꿰맨 자국이 있거나, 애꾸눈에, 한쪽 팔에 갈고리를 달았다. 총이나 칼을 들고 있다가 다짜고짜 화를 낸다.

할머니는 무섭게 생겼다. 하지만 악당같이 생기진 않았다. 게다가 사탕은 맛있다.

할머니는 사탕을 껍질에 싸서 도로 주머니에 넣었다.

"니 엄마가 그러든? 남이 주는 건 먹지 말라고?"

우리 이야기를 엿들은 걸까.

"할머닌 남이 아니야. 네 엄마랑 제일 친한 친구의 엄마야."

뭔가 복잡했다.

"너희 엄마의 엄마 같은 사람이지."

"할머니구나."

"그래. 난 김선주가 아주 어릴 때부터 봤지."

"…… 우리 엄마 진짜 이름을 어떻게 알았어요?"

엄마는 나한테 비밀로 하라놓고서 자기는 아무한테나 이름을 알려주고 다닌다.

"알다마다. 가만있자, 너, 아빨 닮았구나."

"아빠도 알아요?"

"아니. 그냥 엄말 안 닮았으니까."

"엄만 지금 회사에 있는데, 한참 있다 오는데."

할머니는 시계를 봤다.

"저녁은 먹었어?"

영진이 아줌마는 내가 간다고 하자 칼국수를 먹고 가라

고 했다. 하지만 날 놀리고 쥐어박은 영진이 형을 혼내지 않았다. 칼국수를 먹으면 영진이 형은 아줌마는 못 듣게, '거지 같다'고 놀릴 거다.

배가 고프다고 하자, 할머니는 기뻐했다.

"네 엄마랑 저녁 먹기로 했거든, 갈빗집에서."

갈비!

할머니는 우리가 먼저 가게에 가서 갈비를 먹고 있자고 했다. 집에 들르지 않고 회사에서 가게로 곧바로 오기로 약속했단다.

"잠반 어딨니? 날씨가 쌀쌀한데."

나는 방으로 들어가 잠바를 가지고 나왔다. 할머니는 양말을 신겨주었다. 내가 하겠다고 해도 고집을 부렸다. 할 수 없이 의자에 앉았다. 할머니는 양말을 신겨주고는, 내 두 발을 잠시 꼭 쥐었다.

"발바닥에 이 상처는 어쩌다 생겼니."

"모르겠는데요."

"장갑은 어디 뒀니?"

나는 잠바 주머니에서 장갑을 꺼냈다. 할머니가 도와주

겠다고 말할까 봐 잽싸게 장갑을 꼈다. 할머니는 장갑을 낀 내 손을 보더니, 손가락이 길어서 피아노를 치면 좋겠다고 말했다. 장갑을 잃어버리자, 엄마는 한숨을 쉬며 자기 장갑을 내주었다. 너무 큰 장갑은 손에 맞질 않았다. 내 손 탓이 아니라, 엄마 장갑이 너무 큰 거다.

차를 타고 한참 갔다. 운전하는 아저씨랑 할머니는 거의 이야기를 하지 않았다. 가끔 뒷자리에서 할머니가 혀를 차대면 운전석의 아저씨 어깨에 힘이 들어갔다. 틀린 답을 말한 철영이 같았다.

나는 차창에 붙어 밖을 내다보았다. 모르는 동네들이 지나갔다. 할머니를 따라온 게 잘못일지도 모른다. 그런데 나는 돌아가는 길을 모르고, 차는 점점 집에서 멀어졌다.

할머니의 갈빗집은 어린이집보다 컸다. 가게 안에는 손님이 하나도 없다. 망한 거냐고 묻자 할머니는 오늘이 정기 휴일이라고 했다.

할머니를 따라 가게 구석방으로 들어갔다. 문을 열고 불을 켰다. 방에는 커다란 피아노가 있다. 할머니랑 내가 들어가니 방이 꽉 찼다. 할머니는 잠바를 벗으라고 했다. 망설이다가 양말도 벗었다. 운전사 아저씨가 콜라를 들고 들어왔다. 할머니는 그 아저씨와 밖으로 나갔다. 따개가 없어서 콜라는 못 마셨다. 밖에선 아무 소리도 들리지 않는다. 콜라병에 묻은 물방울을 손바닥으로 닦아냈다. 잠시 후 나타난 할머니는 아저씨를 불러 따개를 가져오라고 했다. 엄마가 없으니까 콜라 한 병을 나 혼자 다 마셔도 된다.

할머니는 엄마가 올 때까지 기다리자고 했다. 전기장판을 켜주었다. 궁둥이가 자글자글 따끈해졌다.

"안도야, 너 올해 몇 살이지?"

"여섯 살이오."

"안도야, 넌 커서 뭐가 되고 싶니?"

그건 커봐야 안다. 어른들은 매일 몇 살이냐, 커서 뭐가 되고 싶냐, 엄마 아빠 중 누가 더 좋으냐고 묻는다.

"꿈이 뭔데?"

되고 싶은 건 맨날 바뀌었다. 소방관, 기관사, 부자, 경찰관. 그리고 지금은,

"사자 조련사요."

사자는 동물의 왕이다. 그런데 조련사한텐 꼼짝 못한다. 조련사가 이 세상에서 가장 세다.

"조련사가 되고 싶어? 위험하지 않을까?"

"사자 밥을 제때 주고, 감기에 걸리면 낫게 약을 줄 거니까 괜찮아."

"할머니 딸은 피아니스트가 꿈이었는데."

"저거 그 누나 피아노야?"

"원래는 내 피아노였지."

할머니는 피아노 의자에 앉았다.

"할머니도 피아노 칠 줄 알아?"

"이젠 못 쳐. 다 까먹었거든."

할머니는 의자에 앉아 건반을 눌렀다. 좋은 소리가 들렸다.

"안도는 피아노 배운 적 있니?"

"아니."

"쳐보고 싶어?"

"모르겠어요."

"피아노 소리 들려줄까?"

할머니는 일어나 서랍에서 테이프를 꺼냈다. 카세트를 틀었다.

"들어봐라, 나림이가 여섯 살 때 연주한 거야."

치지직, 모기 타는 소리가 들렸다. 잘 안 들렸다. 할머니는 자꾸 볼륨을 높였다. 고기 타는 소리만 났다. 귀를 틀어막았다. 할머니는 테이프를 꺼냈다.

"오래전 테이프라 다 상했어."

이번에는 할머니는 앨범을 가지고 와 내 옆에 앉았다. 남의 앨범을 보기 싫었지만 착한 어린이답게 행동했다.

첫 장을 넘기자 아기 사진이 나왔다. 한 장 한 장 넘길 때마다 할머니는 설명을 덧붙였다. 이 사진은 어디서 찍었고, 그때 어땠고, 무슨 일이 있었다는 걸 늘어놓았다. 할머니한테는 중요한 이야기일지 몰라도, 나는 하나도 재미가 없다.

갈비는 언제 먹는 걸까. 영진이 형 엄마는 저녁으로 칼국수를 먹자고 했다. 형이 괴롭혀도 꾹 참았다면 칼국수를 먹었다. 나는 참을성이 부족하다. 그래서 종이접기도 잘 못하는 것 같다. 그래도 할머니는 갈비를 먹여주겠다고 했다. 갈비는 비싸고, 부드럽고, 입 안에서 살살 녹는다. 그런데 할머

니는 고기를 안 구워주고 사진만 보여준다. 콜라도 다 마셨
는데.

드디어 마지막 장이다. 드레스를 입은 누나가 서 있다.

"예쁘지?"

나는 고개를 끄덕였다. 이나림이란 누나는 똥이 마려운
것 같은 표정으로 서 있다. 할머니는 열두 살 때 찍은 거라
고 했다. 피아노 대회에 나가려고 찍었고, 얼마 뒤에 딸이 죽
었다고 했다.

나는 사진을 다시 들여다봤다. 죽은 사람처럼 보이지 않
았다.

"암에 걸렸어?"

"아니."

"그럼, 교통사고?"

"누가 죽였어."

"나쁜 사람이?"

"……응."

할머니의 주름 사이로 눈물이 스며들었다. 나는 이불 속에
서 발가락만 꼼지락거렸다. 나에겐 우는 어른을 달래줄 힘이

없다. 그치기를 기다려야 한다. 피아노 의자 위에 두루마리 휴지가 있다. 이불을 걷고 일어나 휴지를 들고 왔다. 엄마한테 그랬듯 할머니에게 휴지를 줬다. 할머니는 받지 않고 울기만 했다. 휴지를 풀어 둘둘 말아 손에 쥐어줬다.

할머니 눈은 토끼처럼 빨갰다. 나는 어쩌지 못하고 가만히 제자리에 앉았다. 철영이는 나를 때리고 나서 내 앞에서 엉엉 울었다. 울다 지치면 조용해졌다. 끓어오르던 냄비에서 물이 넘치면 불이 꺼지듯 말이다. 할머니는 울음을 그치고 숨을 골랐다.

"난 말이다. 나림이 없이는 못 살 것 같았다."

우리 엄마도 그랬다.

"네 엄마가 그러던? 너 없인 못 산다고."

"응."

"그래…… 안도는? 엄마 없인 못 살아?"

물론이다. 나는 엄마 없이 살아본 적이 없다.

"엄마가 좋아?"

어른들은 가끔씩 말도 안 되는 질문을 한다.

하늘이 왜 파란지, 구름은 왜 하얗고, 금붕어는 왜 죽는지,

겨울이면 눈이 왜 오는지 나는 모른다. 그렇지만 하늘은 파랗고, 구름은 하얗고, 금붕어는 죽었고, 겨울이면 눈이 온다. 눈이 녹으면 꽃이 핀다는 걸 안다.

"엄마가 나쁜 사람이라도?"

나는 화가 났다.

"우리 엄마는 나쁜 사람 아니야."

할머니는 휴지에 코를 풀었다.

우리 엄마를 나쁜 사람이라고 부르는 할머니와 한방에 있기 싫다. 우리 엄마 욕하는 사람이 나쁜 사람이다.

"주스 좀 더 줄까? 아니면 콜라라도."

나는 집에 가겠다고 말했다.

"네 엄마 이따 여기로 올 텐데."

"언제 오는데?"

나는 엄마에게 휴대폰으로 전화를 해보라고 했다. 엄마 목소리를 들으면 안심할 수 있을 것 같았다. 하지만 할머니는 내 말을 듣지 못하는 것 같았다. 혼자 뭐라고 중얼중얼댔다.

할머니는 또 눈물을 흘렸다. 우는 할머니는 처음 보았을 때보다 덜 무섭다. 만화에서 악당은 눈물을 흘리지 않는다.

우는 것은 언제나 착한 쪽이다.

휴지를 뜯어 할머니에게 주었다. 방바닥으로 휴지 뭉치가 굴러갔다. 휴지가 자꾸자꾸 풀려나갔다. 할머니는 내가 이 방에 있는 걸 까먹은 것 같았다. 어디 딴 데 가버린 사람 같았다.

배가 고프다. 고기 생각을 하니 배가 더 고팠다. 엄마는 왜 안 올까. 회사에 또 일이 밀렸을까? 빨리 엄마가 와서 고기를 같이 먹었으면 좋겠다. 엄마는 돈을 많이 벌면 장난감도 많이 사주고, 저녁엔 스테이크랑 갈비도 사주겠다고 약속했다.

"안도야."

"예?"

"할머니가 어떻게 했으면 좋겠니?"

"뭘요?"

"복수하고 싶은 사람이 있어."

"복수가 뭔데요?

"복술, 몰라?"

들어는 봤는데, 뜻은 모른다.

누구한테 한 댈 맞으면 똑같이 한 대 때려주는 거냐고 물었다.

"그거 나쁜 건데."

어린이집에서 친구가 때리면 그 친구를 때려준다. 열심히 만든 모래성을 친구가 밟으면 그 아이 것도 부쉈다. 하지만 그건 나쁜 짓이라고 선생님이 그랬다. 철영이가 날 때렸다. 나도 철영이를 때렸다. 막 싸웠다. 선생님이 말렸다. 철영이는 울면서 내가 자기가 엄마가 없다고 놀렸다고 했다. 철영이는 내가 아빠가 없다고 놀렸다. 억울했다. 난 코피도 났다.

선생님은 친구끼리 싸우면 안 된다고 했다. 그때 나도 할머니와 같은 질문을 했다.

"쟤가 날 때렸는데, 난 왜 쟬 때리면 안 돼요?"

"둘 다 점점 아파지잖아. 한 대 때리면 또 한 대, 그리고 두 대, 세 대. 그러다 이렇게 코피까지 나잖아."

뭔가 억울했지만, 억지로 화해했다. 바깥 놀이 시간에 철영이랑 같이 놀았다. 철영이는 진흙에 발을 담그고 발가락 사이로 꾸불꾸불 지렁이를 뽑아냈다. 왕꿈틀이, 왕꿈틀이. 어느샌가 철영이랑 신 나게 놀고 있었다.

"지금은?"

할머니는 손을 뻗어 내 손을 잡았다. 한참동안 내 얼굴을 물끄러미 바라보았다. 얼굴이 간질거렸다.

"아무렇지도 않아."

할머니는 옷걸이에 걸린 코트를 내려 입었다.

"어디 가요?"

"안도는 여기 있어. 엄마 마중 나갔다 올 테니까."

"전화하면 되잖아."

"여기까지 오는 길이 좀 복잡해. 길을 잃을까 봐 걱정되어서 그래."

"나도 같이 가."

"안도는 여기서 기다려야 해."

"왜요?"

"엄마랑 단둘이 할 말이 있으니까."

할머니는 핸드백을 들고 문을 밀었다.

"꼼짝 말고 기다려. 알았지? 엄마랑 할머니랑 고기 먹자."

할머니가 나가자 문이 닫혔다. 문틈으로 일어서는 운전사 아저씨가 보였다.

언제까지 기다려야 하는 걸까.

방 안에 혼자 있으니 너무 심심했다. 가지고 놀 거라곤 피아노밖에 없었다.

뚜껑을 열고 두들겨보았다. 똥땅똥땅 소리만 났다. 맨 끝에 있는 건반부터 차례로 두드려보았다. 소리는 점점 높아졌다, 점점 낮아졌다. 소리가 들리니 덜 무서웠다. 놀다 보니 오줌이 마려웠다. 문을 밀고 내다봤다. 운전사 아저씨는 신문을 보고 있다. 슬리퍼를 신고 나갔다. 운전사 아저씨가 뒤를 돌아보더니 소리를 버럭 질렀다. 이 아저씨는 철영이 아빠를 닮았다. 놀라서 팬티에 오줌을 좀 지렸다.

"방 안에 꼼짝 말고 있으라니까."

아저씨는 화를 내며 신문을 접었다.

"오줌 마려워요."

아저씨는 자리에서 일어나 내 쪽으로 왔다. 탁자들이 움직였다. 나는 운동화에 발을 밀어 넣었다. 아저씨는 내 팔을 잡았다. 아팠다. 술 냄새가 났다. 오줌이 새어나왔다. 팬티가 척척하다.

"가지가지 한다. 애기냐? 오줌을 싸게?"

아저씨는 방으로 들어갔다. 어기적어기적 아저씨를 따라가 방 앞에 멈췄다. 아저씨는 뭔가를 찾기 위해 방을 뒤지고 있었다.

"이제 애까지 보래. 뭐로 갈아입히라고. 할망구 고쟁이를 입혀?"

집에 가면 새 팬티랑 바지가 있다. 새싹반 갓난쟁이들이나 오줌을 싼다. 엄마는 내가 오줌을 싼 걸 알면 혼낼 것이다. 내가 한심했다. 식당 밖으로 나섰다. 현관에 매달아놓은 종이 딸랑거렸다.

차가운 바람이 불어왔다. 하지만 잠바를 가지러 가면 아저씨와 마주쳐야 한다. 나는 앞으로 걸어갔다. 사람들에게 물어서라도 집으로 돌아가자. 아니면 경찰서에 가서 목걸이에 새겨진 번호로 전화를 걸어달라고 하자. 어떤 길로 가야 집으로 돌아갈 수 있을까.

집에 가고 싶다. 엄마가 보고 싶다.

개천 옆을 지나갔다. 사람은 한 명도 없다. 내 옆으로 차들이 지나갔다. 발바닥이 시렸다. 나는 울면서 자꾸자꾸 앞으로 걸어갔다. 털어내도 발바닥에 자꾸 쪼그만 돌이 박혔다.

하도 울어서 앞이 잘 안 보였다. 집으로 가고 싶다, 엄마가
보고 싶다.

엄마.

갑자기, 눈앞이 환해졌다.

9. 다시, 한밤의 방문객

밤 열한 시 삼십 분.

잔 속의 커피는 식었다.

권희자는 빈 커피 잔을 내려놓았다.

"안도한테 데려다 줘요."

"얘기 아직 안 끝났잖아."

"……더 무슨……."

"무슨 일이 있었는지, 아니 왜 그랬는지 사실대로 말해
봐."

김선주는 고개를 숙였다.

"넌 그때도 입을 다물었지. 도망가고. 이젠 안 돼."

김선주는 중얼거렸다.

"안도는…… 안도는……."

"나림이, 나림이 얘길 하란 거야."

권희자가 식탁을 흔들자, 빈 커피 잔이 달그락거렸다.

"안도는, 안도는 아무 죄도 없고."

"안돌 잡고 있는 놈에게 일 끝나면 가겔 물려주기로 했다. 그놈 아주 독해. 지 놈도 갈빗집 사환으로 썩는 건 싫겠지."

김선주는 주머니에서 줄칼을 꺼내 손에 단단히 쥐었다.

"너는 변한 게 없구나. 뭘 어쩌게? 그걸로 찌르게?"

권희자는 팔짱을 끼었다.

"맘대로 해봐. 그럼, 안도는 어쩌고? 니 앤 너 때문에 죽는 거야."

김선주는 자신의 손을 내려다보았다. 그때, 운동장에 쭈그리고 앉아 모래로 손에 묻은 나림이의 피를 닦아냈다. 굵은 모래가 살갗을 긁어댔지만 핏자국은 지워지지 않고, 피는 먼지와 흙을 빨아들여 더러워졌다.

"어쩌다…… 어쩌다가."

김선주는 중얼거렸다. 그날 이후 오래도록 반복했던 혼잣

말이었다. 곁에 누운 안도가 잠들었을 때, 사막을 바라보면서, 욕조에서 눈을 떴을 때 스스로에게 물었다.

어쩌다 그런 일이 생겼을까.

김선주는 허공을 바라보며 중얼거리듯 말했다.

"나림이와 같은 피아노 학원에 다녔어요. 어느 날 복도를 지나는데, 피아노 소리가 들려왔어요. 눈이 내리던 겨울이었는데. 벙어리장갑 한 짝을 놓고 가서 찾으러 갔을 거예요. 아이들은 다 집으로 돌아가고……."

김선주는 홀리듯 가장 안쪽의 레슨실로 갔다.

"원장 선생님 연습실이었나. 유리창 안을 들여다봤는데, 나림이가 피아노를 치고 있었어요."

김선주는 나림이의 얼굴을 보았다. 입술을 앙다물고 미간이 좁혀졌다 펴졌다. 앙다문 입술은 나비 날개처럼 벌어졌다. 이나림은 피아노와 단둘이서 다른 세상으로 놀러 간 것 같았다. 그 시절 김선주는 그 누구에게도, 심지어는 스스로에게조차, 이해받지 못했다. 오직 그 소리만이 자신을 이해해준다고 생각했다.

"다시 한 번 그 소릴 들을 수 있다면."

"그게…… 누구 탓인데."

"어머니…… 죄송해요…… 어떻게."

"니가 뭘 할 수 있는데?"

김선주는 손에 힘을 주었다. 줄칼의 날이 살갗을 눌렀다.

"나림이가 그 일, 치를 때 내가 뭘 했는지 알아?"

"……."

"미용실에 있었어. 아이는 칼에 찔려 죽는 지경인데. 파말하고 있었어. 미용실 여자와 히죽거리며. 거울에 비친 얼굴이 맘에 들었거든. 나는 말이야, 자꾸 그 웃는 얼굴이 떠올라. 아인 날 죽어라 찾고 있었는데, 나는 아무것도 몰랐어."

"……."

"나는 나림이가 그때…… 마지막에 어땠는지…… 알고 싶어. 말해봐."

권희자는 몸을 반으로 접고 마른손으로 얼굴을 비볐다. 김선주는 너무나 피곤했다. 두 사람은 아주 오랫동안 한 아이를 업고 다녔다. 어디든 잠시라도, 내려놓을 때가 필요했다.

김선주는 천천히 이야기를 시작했다.

창고는 먼지투성이였고, 바닥에서는 냉기가 올라왔다. 매트 위에 뜀틀을 올렸지만 천장 가까이에 뚫린 창까지 손이 닿질 않았다. 이대로 여기서 죽는다 해도, 아무도 도와주지 않는다. 내가 만약 여기서 죽는다면, 이나림은 죽도록 후회할까. 엄마와 아빠는 언니와 동생이 있으니 걱정하지 않아도 된다. 나는 관 뚜껑을 열어젖히는 심정으로, 문에다 힘껏 몸을 부딪쳤다.

누군가 열어준 창고 문밖으로 휘청거리며 나갔다. 운동장 관람석에 앉아 운동장에서 뜀박질을 하는 아이들을 바라보았다. 비스듬한 그림자들이 줄지어 달렸고, 먼지구름이 뒤따랐다.

아이들은 까마득하게 멀리 있었다. 한 줄로 운동장을 돌아 내 앞을 지나갔다. 이나림의 모습이 보였다. 저런 아이가 뭐가 모자라 날 괴롭히는 걸까. 내가 그렇게 더럽고 하찮은 사람인가. 이나림에게 묻고 싶었다.

이나림이 운동장을 한 바퀴 돌아 다시 돌아오는 걸 지켜보았다. 옆에 선 조희주와 재잘거리며 환히 웃는다. 누군가를 어두운 창고에 가둬두고, 저렇게 환히 웃다니.

괴물이다.

괴물이 사람에게 무자비하게 구는 건 당연하다. 비명 소리 따윈 아랑곳하지 않는다. 웃는 얼굴로, 숨이 끊어질 때까지 가지고 논다. 아이들은 운동장 저편으로 뛰어갔다.

나는 유령처럼 서서 아이들의 뒷모습을 바라보았다. 자신은 아주 오래전에 죽은 사람 같았다. 비명을 질러도 들리지 않는 먼 곳에서 홀로 서 있다. 내가 사라져도, 세상은 아무렇지도 않다. 그런 세상이라면, 먼저 버려도 상관없을 것 같았다.

나는 뒤돌아 교실로 향했다. 교실 뒤편으로 향했다. 책상들이 삐뚤삐뚤하게 밀려갔다. 나는 쭈그리고 앉아 책상 서랍을 더듬었다. 알루미늄 호일에 싸인 과도가 잡혔다. 육 교시 가정 시간에 우리 분단은 샐러드를 만들기로 했다. 과일은 비싸지만 과도는 집에 있는 걸 그냥 들고 나오면 되잖아. 이나림은 그런 식으로 나를 배려했다. 모두들 나에게는 아무 잘못이 없고, 이나림이 내 편을 들어준다고 생각했다.

알루미늄 호일을 벗겨냈다. 칼날은 끈적거렸다. 사과를 깎아먹고 닦아놓지 않은 탓이다. 죽이고 싶었다. 진짜 죽일 생각은 없었다. 나는 단지, 죽도록 알고 싶었을 따름이다. 왜, 그랬는지. 제발, 그만둬달라고 애원하고 싶었다. 칼이 나 대신, 그 아이에게서 속말을 끄집어내 줄 것이다.

운동장으로 나섰다. 모래가 섞인 바람이 불어왔다. 내가 팔을 잡자 이나림은 가만히 내버려두라고 짜증을 부렸다. 내가 하고 싶은 말이었다. 더럽다고 했다. 나는 이나림의 피아노 소리를 좋아했다. 그런 소리를 내던 아이가 더 이상 나빠지길 원하지 않았다. 아니, 내가 더 이상 다치길 원하지 않았다.

우리 사이는 한 뼘으로 좁혀졌다. 이나림은 칼을 보더니 뒤로 물러섰다. 왜 그러냐고 물었다. 나는 말하지 못했다. 차마 말 못할 말들과, 말로도 다하지 못할 슬픔과 억울함, 창고의 어둠이 뒤범벅이 되어 내 입을 막았다. 더 묻는다면, 울어버릴 수밖에 없었다.

이나림을 끌어안았다. 내 가슴 한 뼘 건너에서 이나림의 심장이 뛰었다. 전해지길 바랐다. 내 머릿속으로 피아노 소리만 들렸다. 멀리 천국에서 들려오는 소리 같았다. 멀리서 들리는 노랫소리는 사실, 동물들의 울음소리였다.

칼을 쥔 손이 떨렸다. 나림이가 내 손을 잡아주었다. 떨림이 멈추었다.

나림이가 내 얼굴을 바라보았다. 나는 고개를 저었다. 나림이의 손에 힘이 들어갔다. 내 손등이 따뜻해졌다. 나림이가 휘청거렸다. 내가 팔을 잡자 뿌리쳤다.

"제발 날 가만히…… 내버려둬."

바닥에 쓰러진 이나림의 몸에서 흘러나온 피가 운동장 모래로 스며들었다. 검은 날개는 점점 자라났다. 상처를 틀어막아도 피는 멈추지 않았다.

"왜…… 왜."

몸을 웅크린 나림이는 눈을 감았다. 잠든 아이처럼 보였다. 자라고, 놔두고 싶었다.

"……나림이가 왜! 우리 나림이가 왜……."

"……나림이는 잠든 것처럼 보였어요……."

"헛소리하지 마. 니 앨 살리겠다고, 없는 애길 꾸며내지 말라고."

권희자는 의자를 밀고 자리에서 일어섰다. 의자가 바닥으로 쓰러졌다.

"내 애가 죽고 싶었다고 어떻게 그따위 말을, 감히 내 앞에서."

"……."

"죽어야 하는 건 나림이가 아니라 너야. 내 앤 죽여놓고 넌 뻔뻔하게."

김선주는 줄칼을 꼭 쥐었다. 힘을 주어 찌르면 얼마나 들어갈까. 윗옷을 올리고 찔러야 하는 걸까. 김선주는 자신이 입은 옷이 너무 두껍다고 생각했다.

"어떻게든, 어떻게든 널 막았을 거야. 널 죽여서라도 나림일 살렸어. 내가 거기에 있었다면……."

김선주는 고개를 숙였다. 잠든 안도를 보면 나림이가 떠올랐다. 아이 곁을 지키며, 좋은 꿈을 꾸기를 빌었다. 그게 해줄 수 있는 전부라고 여기며.

"여기서…… 거기는 너무 멀고, 나는."

두 사람 사이로 정적만 흘렀다. 창밖으로 바람 소리만 들렸다. 나무들이 진저리를 쳐댔다. 구름은 묵직한 몸을 내려놓을 준비를 마쳤다.

두 사람의 머릿속에서 피아노 소리가 울렸다. 사라졌지만 사라지지 않은 것들. 한때 우리 곁에서 머물러주었던 모든 것들. 빗방울이 흔들어놓은 꽃잎들, 젖은 흙냄새와 나무 그늘에서 젖은 날개를 말리는 나비들, 구름의 틈새로 보이는 햇발. 소란한 침묵. 멀리서 가까이로, 가까이서 멀리까지. 멀리서 들리는 동물들의 울음소리는 누군가에게는 노랫소리처럼 들렸다.

김선주는 줄칼을 바투 쥐었다.

"지금 뭘 하려고…… 내려놔."

김선주의 귀에는 권희자의 목소리가 들리지 않았다. 모든 것이 자신에게서 시작된 것이라면, 여기서 끝내고 싶었다. 지쳤고, 그저 쉬고 싶었다.

권희자는 김선주에게 달려들었다. 김선주는 권희자에게 잡힌 팔을 빼내려고 몸부림쳤다.

"날 보고 어쩌라고. 제발, 날 좀 놔두라고!"

권희자는 김선주의 얼굴을 바라보았다. 언젠가, 나림이도 저런 표정으로 자신을 바라보았었다. 말을 하지 않았지만, 말하고 싶은 것이 있었다. 그때는 외면했었다. 들어야 했지만 듣지 못한 소리가 있었다.

"⋯⋯ 너, 이럼 안도는 어쩌려고."

권희자는 김선주의 손에서 줄칼을 빼앗았다.

빗방울이 떨어졌다. 어디선가 피아노 소리가 들리는 것만
같았다.

에필로그

　오늘, 우리 가족은 주말여행을 간다.

　콘도를 예약하는 데 애를 먹었다. 일정을 다 짜놓으니 태
호가 감기에 걸렸다. 아내는 여행을 연기하자 했지만 그럴
수 없다. 일은 일이고, 가족은 가족이라며 여행을 가자고 졸
라대던 건 아내다. 오랜만의 가족 여행이다. 회사를 그만두
게 되면 당분간 여행 같은 건 꿈도 못 꾼다. 이번이 사원용
콘도를 빌릴 수 있는 마지막 기회다. 앞으론 더 힘들어질 테
니 그전에 좋은 추억을 남겨야 한다. 겨울잠을 자기 전에, 속
을 든든히 채워놓듯 말이다.

　주차장을 빠져나오면서 아내에게 전화했다. 아내는 늦었

는데 갈 수 있겠느냐고 물었다. 도착하면 전화하겠다며 통화를 마쳤다. 피곤하다. 집에서 내처 자는 게 서로를 위해 좋을지도 모르겠다. 아이에게 옮았는지 감기 기운이 있다. 머리도 지끈거리고 콧물이 들락날락했다.

퇴근 시간에 맞춰 홍 팀장은 보고서를 들이대며 꼬투리를 잡아댔다. 어차피 조만간 잘릴 것이다. 사표도 써두었다. 될 대로 되라. 너는 계속 회사에 남아 부하 직원을 족치고 상사에게 충성해라. 머릿속으로 눈 덮인 들판이 펼쳐졌다. 이번에야말로 사보에서나 보던 스키장을 밟아본다. 종이 속 풍경에 발자국을 남기는 것이다. 태호도 좋아하겠지. 태어나서 처음 보는 스키장일 테니까. 아이 때문에 눈썰매나 타겠지만 어떠냐.

사무실에 혼자 남아 홍 팀장이 시킨 일을 끝내자 열한 시가 넘었다.

속력을 높였다. 차가 개천변을 지날 때 전화벨이 울렸다. 핸들에서 한 손을 떼고 전화를 받았다. 아내는 준비를 다 끝냈다며 어디까지 왔냐고 물었다.

"십 분이나 십오 분 후면 도착할 거야. 이따 아파트 현관

앞에 나와 있어. 태혼?"

아내는 해열제를 먹였더니 열은 많이 떨어졌다고 했다.

전화를 끊고 운전대를 바로잡았다. 그때 뭔가 차 앞에서 어른거렸다. 피할 새가 없었다. 몸이 앞으로 쏠리고 둔탁한 소리가 들렸다. 안전벨트를 풀고 잠시 숨을 골랐다. 불빛 앞에서 아이가 날 바라보았다. 어리둥절한 표정으로.

어디서 튀어나온 걸까. 어쩌다 놓쳤을까.

혹시 죽었으면.

죽였다면.

차 앞에서 아이가 움직이는 게 내다보였다. 문을 열고 나가, 아이를 안아 일으켰다. 괜찮으냐고 묻자 아이는 말없이 고개를 끄덕였다. 대여섯 살쯤 된 사내아이다. 한쪽 발은 맨발이고 지린내를 풍겼다. 이마에 핏자국이 보였다.

"아픈 덴?"

아이는 눈을 감은 채 고개를 끄덕였다. 보호자 같은 어른은 보이지 않는다. 이런 한밤에 왜 아이 혼자 돌아다니고 있는 건가. 길을 잃었나?

"엄마는 어디 계시니?"

나는 주위를 둘러보았다.

"……집에요."

"집이 어딘데? 이 근처야?"

아이는 고개를 젓더니 눈을 감았다. 차 한 대가 지나갔다.

"병원에 가자."

아이는 내 품에서 중얼거렸다.

"…… 집에…… 갈래."

"병원부터 가고."

아이는 나를 밀치고 허우적거리며 일어서려 했다.

"엄마 전화번호, 전화번호 좀 불러줘."

아이는 웃옷 속으로 손을 넣었다. 아이를 도와 목에서 목걸이를 풀어냈다. 은목걸이에는 아이 이름과 전화번호가 새겨져 있다.

조안도. 번호를 눌렀지만, 전원이 꺼져 있다는 메시지가 들렸다. 다시 통화를 시도했지만, 아무도 받지 않는다. 애가 이 지경인데 뭐하기에 전화도 안 받는 거야. 야밤에 이렇게 아이 혼자 쏘다니게 하면 어떻게 하라고. 내가 통화를 시도하는 사이, 아이는 내 품에서 까무룩 정신을 놓았다. 색색거리는 숨소리만 들렸다.

선뜻했다. 뺨에 빗방울이 떨어졌다.

나는 아이를 안아 올렸다. 신발 한 짝은 보이지 않았다. 하지만 지금 신발 따위에 신경 쓸 여력이 없다. 아이를 뒷자리에 태우고 운전석에 앉았다. 가까운 병원의 위치를 알기 위해 내비게이션을 켰다. 손이 떨려 글자들이 잘못 찍혔다. 보물찾기 노래방, 보쌈 명가. 모두 지우고 다시 입력을 시작했다. 가장 가까운 병원은 십 분 거리에 있다. 차가 움직이자 뒤에서 아이 목소리가 들렸다.

"어디…… 가요?"

뒷좌석에서 아이가 뭐라 중얼거렸지만, 알아듣지는 못했다.

개천가를 빠져나와 교차로에 섰을 때 전화벨이 울렸다. 아내였다. 아파트 현관에 나와 있다며 왜 안 오냐고 물었다. 나는 집에 올라가 기다리라고 했다. 아내가 이유를 물었다. 굳이 이야기해서 걱정하게 만들 필요는 없다. 아이는 많이 다치지 않았으니, 응급실에 가서 간단한 처치만 하면 될 것이다. 나는 그냥 차가 좀 막힌다고 했다.

"뭐? 뭘 사와? 바나나 우유?"

태호가 바나나 우유가 먹고 싶다고 했다. 시계를 보았다.

"그거 편의점에서도 파니?"

알았다고 하고는 전화를 끊었다.

병원 측에서는 보호자를 찾을 것이다. 오랫동안 병원에 잡혀 있으면 곤란하다. 이번만큼은 어떻게든 주말여행을 가야한다. 앞으로는 영영 이런 날이 오지 않을지도 모른다.

지금 이 마당에 예정대로 여행을 떠나는 건 불가능하다는 걸 안다. 이제껏 그렇게 미뤄진 여행을 이번에도 가지 못한다. 언제나 회의는 길어졌고, 피치 못할 약속이 생겼다. 나는 다시 한 번 아이 엄마와 통화를 시도했다. 전원은 여전히 꺼져 있다. 끝까지 통화가 안 되면 어쩌지? 홍 팀장 말이 맞을지도 모른다. 남 대리, 언제까지 이럴 거야? 학교 후배니 안쓰러워 하는 말이야. 언제까지 이러고 살 거야? 답답하지도 않아?

왜 이 아이는 하필 내 차 앞으로 뛰어든 걸까.

나는 그저 행복하게 살고 싶을 따름이다, 남들만큼.

뒷좌석은 잠잠하다. 아이가 정신을 잃을까 봐 걱정이 되었다. 뭐라고 말을 붙여야 한다.

"얘, 너, 이름이 뭐니?"

"안도…… 조안도."

"안도…….."

어쩌다 이런 일이 생긴 걸까. 누군가에게 묻고 싶었다.

나는 룸미러를 올려다보았다. 아이는 잠든 것처럼 보였다.
핸들에 얼굴을 처박고 울고 싶었다.

저 앞에 붉은 신호등이 켜졌다.

증오의 악순환, 그 비극의 뿌리

정여울 (문학평론가)

1. 증오, 돌아갈 자리가 없는

사람들은 서로를 몰아대지만 어디로 가는지는 모른다. 그들은 서로에게 열을 내지만 왜 그런지는 모른다. 그들은 자신의 양철판을 두드리고, 자신의 금화를 쩔그렁거린다.

— 니체, 『차라투스트라는 이렇게 말했다』 중에서

어떤 증오는 완충재가 없다. 사랑과 우정 같은, 누구나 기댈 법한 증오의 완충재가 없는 이들이 있다. 뿌리 깊은 증오는 감정의 배출구를 필요로 한다. 그 배출구 앞에는 아무리 증오에 찌들어도 끝내 돌아가야 할 희망의 자리, 사랑의 자리가 있어야만 한다. 그 역할을 해주는 것은 바로 사랑하는 사람들이다. 누구에게나 그렇게 '돌아갈 자리'가 있어야만 한다. 그렇게 귀환의 장소를 찾지 못하는 증오는 끝내 더 무서운 방향으로 폭발해버리고 만다. 어떤 친밀감으로도 승화되지 못하는 증오, 어떤 연대감으로도 희석되지 못하는 증오는 어디에서 폭발할지 모르는 거대한 화약고가 되어버린다. 사회는 있지만 공동체는 점점 사라져가는 이 세상에서 사람들은 점점 이런 '귀환의 자리'를 잃어간다. 이런 증오는 무섭도록 순수한 폭력을 향한 정념으로 돌변할 수 있다.

『멸종 직전의 우리』는 이 기댈 데 없는 순수한 증오의 극한을 보여준다. '멸종 직전의 우리'라는 제목을 보며 나는 혹시 SF소설이나 판타지 소설이 아닐까 상상해보았지만, 이 이야기는 바로 오늘날 우리들이 살아가는 이야기였다. 이 이야기의 중심에는 초등학교 5학년 소녀가 같은 반 친구를 살해한 초유의 사건이 자리 잡고 있다. 이런 사건에는 반드시 '전대미문의', '희대의' 같은 요란한 꾸밈말이 붙어야만 할 것 같지만, 사실 우리 사회에는 이런 참혹한 사건들이 거의 매일 벌어지고 있다. 사람들은 '어째서 이런 일이!', '결코 있어서는 안 되는 일'이라는 상투적인 반응으로 사건의 충격을 완화해보려 하지만 이런 종류의 사건은 아무리 들어도 충격이 무뎌지지 않는다. 앞으로, 앞으로만 나아가야 하는 현대인들은 다만 경주마처럼 앞으로 나아가기 위해 이렇게 '뒤로 가는 세상'을 방치해둔다. 이 소설은 언제 종말이 올지 모를 극도의 불안 속에서도 아무렇지 않은 듯 살아가는 현대인들이 가슴속에 품고 있는 증오의 투명한 속살을 드러내 보인다.

『멸종 직전의 우리』는 살인 사건이 일어난 지 오랜 시간이 흐른 후, 한 아이를 죽인 소녀가 한 아이의 엄마가 되어 자신의 신원을 숨기고 살아가는 시점에서 시작한다. 그녀는 '수인'이라는 이름으로 개명했지만 원래 이름은 김선주였다. '수인'이라는 이름은 마치 그녀가 아직 어리다는 이유로 중형을 면했음에도 불구하고 여전히 그 끔찍한 살인 사건이 만들어낸 증오의 매트릭스 안에 갇힌, 어쩔 수 없는 '수인(囚人)'이라는 의미로 다가오기도 한다. '안도'라는 이름의 남자아이를 혼자 기르고 있는 싱글맘 수인에게 유일한 안식처는 바로 아들 안도뿐이다. 누구에게도 기댈 곳이 없는 이 지독히 외로운 여인 수인에게 있어 살아갈 이유가 있다면 그것은 오직 안도를 무사히 길러내는 것뿐이다. 그렇게 여전히 죄인처럼 숨어 지내던 그녀에게 어느 날 갑자기 그녀가 죽였던 아이, 이나림의 엄마 권희자가 찾아온다. 그녀는 딸아이 나림이 죽은 이후로 무덤 같은 나날을 보내고 있었다. 아무리 오랜 세월이 흘러도, 아무리 모든 사람들이 그녀의 딸을 잊어도, 그녀는 딸이 죽은 그날의 미스터리를 풀 수가 없었다.

증오의 연쇄 고리는 끝나지 않는다. 한 여자는 딸을 죽인 아이를 증오하고, 그 아이 선주는 이십여 년 전 죽은 아이 나림을 증오했으며, 죽은 아이 나림은 선주를 증오했다. 그리고 나림이 죽은 후 선주의 집안을 풍비박산 낸 것은 나림의 부모뿐만 아니라 인근의 주민들 전체, 그리고 '경쟁 사회가 부른 참극'이라는 식으로 여론을 몰아간 이 사회 전체이기도 했다. 사회는 초등학교 5학년인 열두 살 소녀 선주를 '살인자'로, 선주네 가족을 '살인자의 엄마, 살인자의 아빠, 살인자의 형제자매'로 낙인찍은 후, 그들이 결코 이 사회에서 발붙이고 살아갈 수 없도록 만들었다. 나림의 부모가 외동딸을 잃은 지옥의 나날을 보내고 있는 동안, 선주네 가족은 '살인자의 가족'이 되어 이 땅에서 추방당해야 했다. 작가는 증오의 끝자락에서 외나무다리에 선 두 사람, 성인이 된 김선주와 권희자의 시점에서 이야기를 시작한다. 김선주의 아이 안도를 볼모로 그녀를 협박하는 권희자. 그녀의 시점에서 볼 때, 선주는 나이만 어릴 뿐 악마나 다름없는 존재였다. 하지만 그녀에게 또 한 번 돌이킬 수 없는 상처를 입힌 것은 사회였다. 신문 사설에 등장한 나림에 관한 기사는 권희자로 하여금 한 개인을 향한 증오를 이 사회를 향한 분노로 뒤바꾼 결정적인 계기가 된다.

스무 해 전 한 신문의 사설에서 나림이의 죽음을 다뤘다. 사범대 교수라는 자는 '입시 교육으로 인한 학교교육의 경쟁만성화가 불러일으킨 청소년의 심리적 압박감 및 불안 의식과 우리 사회의 생명 경시 풍조의 단면을 보여주는 사건'이라고 했다. 결론적으로 두 아이 모두가 어른들이 만든 사회의 피해자라는 것이다.

가해자는 없고 쌍방 모두가 피해자라면 누구에게 책임을 물어야 하는가?

신문사에 전화를 걸어 이나림의 엄마라는 것을 밝히고, 어떻게 그런 기사를 실을 수 있느냐고 따졌다. 전화를 받은 여기자는 사무적인 말투로 칼럼이 반드시 신문사의 방침과 일치하는 건 아니라고 했다. 나는 방침과 영판 다른 기사를 내주는 게 말이 되느냐

고 물었다. 당장 정정 기사를 내지 않으면 신문사로 직접 찾아가
겠다고 윽박질렀다.

"진정하세요. 어머님 심정 십분 이해합니다. (예, 사회붑니다.)
저희는 불특정 다수를 대상으로 합니다. (잠시만요. 남 차장님.)
개개인의 의견을 모두 반영할 수 없는 걸 늘 죄송스럽게 생각합
니다. (통화 중이라, 무슨 일이시죠.)"

정정기사는 끝내 실리지 않았다.

-『멸종 직전의 우리』 중에서

2. 분노, 대상보다 자신을 파괴시키는 부정(否定)의 힘

인간은 불행하고 불운한 처지에 놓일 때마다 누군가 다른 사람을 괴롭혀야겠다는 마음을
품는다. 이때 그는 아직 남아 있는 자신의 힘을 자각하고, 그것으로 위로를 얻는다.

— 니체, 『아침놀』 중에서

증오가 화살의 과녁처럼 한 점을 향한다면 분노는 막연한
방향을 향해 무방비 상태로 열려 있다. 딸을 죽인 소녀 선주
를 향해 있던 권희자의 증오는 점점 세상에 대한 분노로 확
장되어 간다. 선주네 식구들도 마찬가지다. 선주네는 '살인

자의 가족'이라는 오명을 쓰고는 한국 땅 어디에서든 무사히 살아남을 수 없다는 것을 깨닫고, 이사를 가도 악착같이 따라오는 온갖 협박과 저주를 피해 미국으로 도망치듯 이민한다. 하지만 가족들 중 누구도 선주를 무조건적인 사랑으로 보살펴주는 사람은 없었다. '내 자식이기 때문에' 버릴 수 없다는 최소한의 당위 말고는, 누구도 선주를 있는 힘껏 품어주려 하지 않는다. 이 모든 증오의 화살을 사실상 홀로 감당해야 했던 것은 어린 소녀 선주였다. 선주에게 충격은 한꺼번에 오지 않았다. 첫 번째 충격은 자신을 향한 나림의 이해할 수 없는 증오였다. 두 번째 충격은 자신을 향한 나림과 친구들의 무차별적인 폭력이었다. 세 번째 충격은 집단 따돌림을 견디지 못한 선주 자신이 과일 깎는 칼로 나림을 찌르려고 한 것. 네 번째 충격은 나림이 정말로 죽어버린 것이었다. 오랜 시간 원인 모를 증오의 타깃이 되었던 선주의 분노는 자신조차 알 수 없을 정도로 끔찍한 것이었다. 충격은 여기서 그치지 않는다. 충격이 삶을 할퀴고 지나간 자리에는 상상도 못했던 지옥이 펼쳐진다.

선주에게는 남겨진 나날 또한 아무런 희망 없는 지옥이

었다. 미국에 가서 뭔가 새로운 삶을 시작해보려 하는 가족들과 달리, 선주는 항상 스스로 만든 감옥에 갇힌 듯 자신을 방치한다. 사춘기가 되자 아무 남자에게나 몸을 허락하고, 그런 자신을 부모가 처벌하자 그녀는 마침내 집을 나와버리고 만다. 선주는 사만다라는 이름으로 다시 시작하려 했지만 그것은 어디까지나 부모의 바람이었다. 선주로서는 아직 아무것도 해결되지 않았던 것이다. 나림이 왜 그토록 자신을 미워했는지, 나림은 왜 죽어가는 순간 자신에게 저항하지 않았는지, 자신은 나림의 부모에게 어떻게 사죄해야 했는지, 왜 이 모든 일이 시작된 것인지. 이 모든 끔찍한 질문을 함께 나눠줄 사람, 마음을 털어놓고 이해받을 만한 타인이 선주에게는 전혀 없었다.

선주는 집을 나와 한 한국인 남자와 동거하며 아이를 갖게 되지만, 선주가 의지하려 했던 유일한 대상인 그 남자마저도 선주를 진심으로 보듬어주지 않는다. 선주는 혼자서 아이를 낳고, 수인이라는 이름으로 개명하여 한국으로 몰래 들어온다. 그리고 살인 사건이 일어난 후 이십 년 남짓 지나 선주의 아들 안도가 유치원에 다니게 되었을 때, 선주는 나림의 아버지와 우연히 맞닥뜨린다. 선주는 형편없이 망가져버린 나림의 아버지를 알아볼 수 없었지만, 나림을 죽인 선주의 얼굴을 잊지 않았던 그는 마침내 선주와 안도의 사진을 찍어 유언처럼 아내에게 남기고 죽음을 선택하고 만다. 나림이 죽고 난 후, 성공가도를 달리던 그의 화려한 인생도 끝장나고 말았고, 그에게는 이제 복수를 실현할 기력마저 남아 있지 않았던 것이다. 이제 '공'은 나림의 생모, 권희자에게로 넘어온다. 한 사람을 향한 증오는 세상 전체를 향해 막연히 퍼져나가는 분노로 확장되었다가, 이제 다시 '복수'라는 한 점을 향해 귀환한 것이다. 김선주가 살아 있다는 것을 알게 된 순간, 김선주가 아이를 낳아 기르며 행복하게 웃고 있는 사진을 본 순간, 권희자는 자신이 잃어버린 것이 무엇인지를 더욱 명징하게 깨닫게 된다.

울부짖는 나를 무심히 바라보던 김선주의 얼굴이 떠올랐다. 왜 그랬느냐고 물어도 아무 대답도 하지 않았다. 나는 높은 담장 앞에서 우는 여자였다. 담장이라면 부수고 싶었다. 미쳐 날뛰어도 눈 하나 깜짝하지 않았다. 그 돌멩이 같은 눈알을 손가락으로 후벼 파고 싶었다. 영영 아물지 않을 상처를 주고 싶었다.

아픈 건 나였다. 상처의 실밥이 단숨에 잡아 뜯겼다. 가슴 언저리가 땅땅이 아렸다. 더 이상 괜찮지 않았다. 발길질에 쟁반의 그릇들이 내동댕이쳐졌다. 밥공기가 엎어지고 김치보시기에서 국물이 흘렀다. 노란 장판에 붉은 김치 국물이 흘러갔다. 물에 불은 밥알들이 흩어졌다. 나는 한 손에 수저를 꼭 쥐고 꺽꺽 울었다. 김선주는 살아 있다. 그리고 사진 속의 김선주는 웃고 있었다.

― 『멸종 직전의 우리』 중에서

3. 복수, 증오의 악순환을 존속시키는 감정의 심연

동물은 인간을 자신과 동류이지만 극히 위험하게도 건강한 동물의 분별력을 잃어버린 존재로 여길지도 모른다. 상식 밖의 동물, 웃고 우는 동물, 불행한 동물로.

― 니체, 『즐거운 학문』 중에서

이 끔찍한 살인 사건이 일어나기 전에 선주는 가족과 친구들 사이에서 거의 눈에 띄지 않는 아이였다. 가난한 집안에서 천덕꾸러기 딸로 태어난 그녀는 아들을 낳기 위한 징검다리에 지나지 않았고, 학교에서도 그녀는 아무런 특징이 없어

보이는 그림자 같은 존재로 살아가고 있었다. 하지만 나림은 모두의 기대를 한 몸에 받는 뛰어난 재능을 가진 아이였다. 난임으로 고통받고 있던 권희자에게 나림의 존재는 세상 무엇과도 바꿀 수 없는 최고의 보물이었다. 그런데 권희자의 자식 사랑법은 지나치다 못해 병적인 구석이 있다. 그녀는 자신이 이루지 못한 피아니스트의 꿈을 딸을 통해 이루기 위해 어떤 행동도 불사할 수 있는 사람이었다. 자신의 평범한 인생을 나림의 특별한 인생으로 보상받고 싶었던 것이다. 나림은 칠 년 동안 어린 시절을 완전히 반납하고 온전히 피아노에만 매달렸지만 엄마의 크나큰 기대를 만족시켜 줄 수 없었다. 엄마는 항상 최고를 원했고, 나림은 가끔 최고가 아니었기 때문이다.

기대했던 콩쿠르에서 우승을 하지 못하자 열두 살 소녀 나림은 깊은 자괴감에 빠지고 만다. 자신을 향한 깊은 혐오감은 엄마에 대한 증오로 발산되지 못했다. 엄마는 나림을 위해 모든 것을 할 수 있는 헌신 그 자체로서의 모성을 보여주는 완벽한 존재였던 것이다. 누구에게도 자신의 고통을 말할 수 없는 나림은 급기야 손가락이 마비되어 피아노를 칠 수 없게 되고 만다. 의사는 신체적으로는 아무 문제가 없고 오직 스트레스 때문이라고 말하지만, 엄마는 '의지' 문제라고 잘라 말한다. 단 한 번도, 나림의 스트레스가 자신의 지나친 야망 때문임을 성찰하지 못한다. 딸의 손가락 마비보다 한층 심각한, 영혼의 마비 상태를 알아보지 못한 것이다. 나림은 피아니스트가 되어야 한다는 '타인의 꿈'을 이루어주기 위해, 자신의 삶 따위는 없었다. 나림의 엄마는 나림에 대한 지독한 집착을 사랑으로 위장하며 이런 식으로 딸을 협박한다. "나림아, 난 너마저 아무것도 아닌 사람이 되길 바라지 않아. 그저 그런 인생은 나 하나면 족해."

나림은 오직 '미래의 피아니스트'라는 타이틀만이 자신을 빛나게 해준다고 믿는다. 피아노를 칠 수 없는 나, 피아니스트가 될 수 없는 자신은 누구에게도 인정받지 못할 것이라 믿어버린다. 엄마는 아이의 잘못된 믿음을 교정해줄 여유가 없었다. 심지어 나림 앞에서 자신의 손가락을 모질게 때리며 딸을 고문하기까지 한다. "이래도, 이래도 안 돼? 너 힘들지, 하지만 엄만 더 힘들어." 나림이 누구에게도 자신의 손가락 마비를 알리기 싫었던 순간, 공교롭게도 학교 선생님은 합창 대회 반주를 할 사람을 추천해보라고 한다. 나림의 피아노 치는 모습을 누구보다도 동경했던 선주는 아무 거리낌 없이 나림을 추천한다. "나림이요. 이나림." 나림은 그때까지 선주를 몰랐지만, 자신의 인생에 방해자가 되어 나타난 새로운 친구에게 분노의 화살을 돌린다. 선생님과 아이들 모두가 보는 앞에서 자신의 손가락이 움직이지 않는다는 사실을 들켜버리고 만 것이다. 나림의 손가락이 피아노 앞에서는 움직이지 않는다는 것을 까맣게 모르는 선주는 나림이 자신을 왜 미워하는지도 알 수 없었다.

그때부터 나림은 친구들과 작당하여 선주를 본격적으로 괴롭히기 시작한다. 자신의 억눌린 분노를 새로운 대상, 그것도 자신과 친구가 되고 싶어 항상 동경의 눈으로 바라보고 있었던 선주를 향해 폭발시키는 것이다. 작가의 시선은 점점 문제의 핵심으로 진격해 들어간다. 어른이 된 선주의 시선, 딸을 잃어버린 부모의 시선, 열두 살에 살인자가 되어버린 딸을 키운 부모도 이해할 수 없었던 증오의 기원은 바로 열두 살에 죽어버린 소녀 이나림의 기억 속에만 존재한다. 나림의 기억은 이제 누구도 복원할 수 없는 삶의 블랙박스가 되어 영원히 봉인되어 버린 것이다. 나림이 죽으면서, 진짜 문제의 기원 또한 망각되어 버린다. 나림은 증오를 표출시킬 대상을 필요로 했다. 자신의 손가락을 잘라버리고 싶고, 피아니스트가 되라며 자신을 몰아세우는 엄마에게서 벗어나고 싶지만, 그 간절한 소원을 누구에게도 고백할 수 없자, 자신을 여신처럼 동경하는 대상, 선주에게 그 분노를 모두 투사한다.

> 김선주는 정말 나를 좋아하는 것 같았다. 소심한 김선주는 내 표정을 끊임없이 살폈다. 내 표정이 어두우면 무슨 일이 있냐고 물었고, 내가 웃으면 기분 좋은 일이 있냐고 물었다. 나는 되는 대로 대답해주었다. 그림자놀이. 내 마음을 따라 자기 마음을 움직이는 아이가 있다는 게 재미있다. 건반은 누르는 대로 소리를 낸다.
>
> ─『멸종 직전의 우리』 중에서

선주는 나림이 피아노를 칠 수 없게 된 것을 자기 일처럼 안타깝게 생각하며 나림을 도우려고, 나림과 친해지려고 무슨 일이든 다 할 태세다. "나, 네 피아노 소리, 되게 좋아했어." 이미 마음이 부서질 대로 부서진 나림은 선주의 순수한 호의가 전혀 달갑게 들리지 않는다. 다시 피아노를 치지 못한다면 문제아로 낙인 찍혀 영원히 회생할 수 없다는 망상에 빠져 헤어 나오지 못한다. 그리고 그 분노를 죄 없는 선주에게 고스란히 전가한다. 선주를 괴롭히고, 선주를 멸시하는 데서, 나림은 작은 위안을 얻는다. "김선주 따위의 동정을 받을 만큼, 나는 형편없이 망가지지 않았다."

급기야 나림의 엄마 권희자는 나림을 오스트리아로 유학 보내기로 결정하고, 나림은 더욱 깊은 절망의 나락에 빠진다. 피아노 앞에만 앉으면 손가락이 마비되는데, 피아니스트가 되기 위한 본격적인 유학을 시킨다니. 상식적으로 이해할 수 없는 권희자의 행동을 아무도 제지하지 못한다. 그녀의 욕망은 자식을 향한 것이지만 진짜 문제는 망가진 자신의 삶에 있음을 그녀는 알지 못했다. 나림은 마지막으로 선주를 확실히 괴롭혀주기로 결심한다. 창고 안으로 들어가는 선주를 보고 창고 문을 밖에서 잠가버린 것이다. 제발 문을 열어 달라고, 울며불며 애원하는 선주의 목소리를 들으면서도 나림은 소름 끼치는 쾌감을 느낀다. "그래, 난 김선주를 괴롭힐 때만큼은 나 자신을 미워하지 않아도 된다. 미운 건 내가 아니라, 김선주다. 미움은 안쪽으로 졸아들지 않고 바깥쪽으로 뿌려졌다."

사태가 이토록 악화되도록, 친구들은 물론 선생님도, 나림과 선주의 부모들도, 둘 사이의 문제를 알아차리지 못했다. 선주의 부모는 생업에 바빴고, 나림의 부모는 피아노를 괴물처럼 무서워하는 딸을 피아니스트로 만들기 위해 골머리를 앓느라, 딸들의 외로움을, 딸들의 분노를 알아채지 못했던 것이다.

"제발, 날 좀 가만히 내버려둬!"

김선주가 내게로 바투 다가왔다. 오른손에 쥔 칼을 보고 나는 뒤로 물러섰다. 김선주는 바짝 다가와, 나를 끌어안았다. 내 가슴 가까이서 김선주의 심장이 뛰었다. 진동수 이 헤르츠. 옆구리에 뭔가 날카로운 것이 와 닿았다. 손의 떨림이 전해졌다. 나는 김선주의 손을 잡았다. 손끝에 희미하게 전해지는 온기가 좋았다. 손가락에 힘이 들어갔다. 칼이 몸 안으로 들어왔다. 열기가 온몸에 퍼져나갔다. 나는 김선주의 품에서 미끄러져 운동장 바닥에 무릎을 꿇었다.

"왜 그랬어…… 왜."

김선주의 비명 소리는 마개를 뽑아낸 욕조 구멍으로 빨려들어
갔다. 나는 바닥에 뺨을 대고 누웠다. 햇빛이 달군 운동장 바닥은
따뜻했다. 이대로 누워서 쉬고 싶었다.

눈앞이 가물거렸다. 눈을 깜빡거릴 때마다 어둠 속에 밝음이,
밝음 속에 어둠이 띄엄띄엄 섞여 들어갔다. 운동장이 저편 멀리
로 사라졌다. 천사들의 연주가 시작되었다. 다시 눈을 뜨면 나는
분명 다른 세상에 있을 것이다. 뺨에 닿은 바닥이 차가웠다. 음표
가 끝나고 긴 쉼표가 이어졌다. 꽃잎 한 장이 사뿐, 건반에 내려앉
았다. 꽃잎은 소리 없이 건반 위로 굴러갔다. 악보는 다음 장으로
넘어가지 못하고 평화로운 침묵이 이어졌다.

－『멸종 직전의 우리』 중에서

나림을 칼로 찔러 죽인 것은 선주가 아니라 나림 자신이었
던 것이다. 열두 살 선주는 차마 그 사실을 어른들에게 알리
지 못했고, 그저 나림을 겁주기 위해 갖고 있던 칼로 나림이
스스로를 깊이 찔렀는지, 선주 또한 제대로 알지 못했다. 나
림의 부모와 선주의 부모는 아직 자신의 인생을 스스로 꾸려
나갈 힘이 없는 어린 소녀들의 죽음에 이르는 증오를 끝내
이해하지 못한다. 이 잔혹한 사건은 자신들의 지나친 관심
(나림)이나 지나친 무관심(선주)으로 인한 비극이라는 것을

끝내 아무도 깨닫지 못한다. 증오를 일으킨 당사자들은 정작 문제의 핵심에 다다르지 못하고, 증오의 방아쇠가 된 어린아이들만 비참한 희생양이 된 셈이다. 열두 살 소녀가 스스로의 몸을 찔러 자살에 이르기까지, 아무도 그녀의 외로움을, 그녀의 분노를 돌봐주지 않았다. 오히려 나림의 고통에 유일하게 진정한 관심을 기울여준 선주가 나림의 자살에 대한 희생양이 되어버리고 만다.

묵시록의 장엄한 분위기가 느껴지는 프롤로그는 이 이야기 전체의 구도를 압축한다. '얼음 아래 사는 쥐'로 불리는 매머드가 아이를 잡아먹었다고 믿는 여인은 숲 전체를 불태워서라도 아이를 되찾으려 한다. 그러나 사냥꾼들이 놓은 덫에 걸린 모든 야생동물들이 불길에 도망가려고 발버둥을 치고 숲 전체가 거대한 화염으로 뒤덮일 때까지, 사라진 아이는, 그 시체조차 나타나지 않는다. 도끼를 들고 숲으로 들어간 여인은 아이를 찾지 못한다면 자신은 물론 숲 전체를 태워버리려 한다. 그녀의 눈먼 복수심은 이 세계를 뒤흔드는 또 하나의 파괴력이다. 모든 휴머니즘적 구원의 가능성이 사라진 자리에서, 이 소설은 질문한다. 우리가 잘못한 것은 무엇일까. 아니 내가 잘못한 것은 무엇일까. 초등학생이 같은 반 친구를 찔러 살해했다고 믿는 부모, 그들이 그 아이에게 복수하기 위해 이십 년 가까이 복수의 칼날을 다듬다가 마침내 그녀가 낳은 아이를 볼모로 삼아 그녀를 협박하는 세상에서. 우리는 저마다 그림자처럼 거느리고 있는 각자의 몫의 폭력과 분노와 증오에 대해, 어떤 책임을 질 수 있을까.

이 소설은 독자의 마음을 한껏 불편하게 할 것이다. 이 이야기는 어떤 희망의 손짓이나 구원의 기대도 사라진 자리에서, 모든 행복의 씨앗이 사라진 폐허 위에서, 우리 자신에게 질문하게 만든다. 아무도 책임지지 않는다면, 누구도 이 증오와 분노와 폭력의 심연을 들여다보려 하지 않는다면, '멸종 직전의 우리'는 어떻게 스스로를 구해낼 수 있을까. 그 불편한 질문을 진심으로 '나의 문제'로 받아들이는 태도야말로 '멸종 직전의 우리'를 구원할지도 모른다. 우리는 저마다의 자리에서 이 뼈아픈 질문에 온 힘을 다해 대답하고 싶다. 아이를 잃은 여자가 복수심에 불타 이 커다란 세상이라는 숲 전체를 불태워버리기 전에. 자신의 죄를 누구에게도 용서받지 못한 한 소녀가 자신의 칼로 마침내 자신을 찌르기 전에.

아이를 잃은 여자는 도끼를 들고 숲으로 들어갔다. 앞을 가로막는 겹겹의 나무에 도끼질을 하며 몸부림쳤다. 진저리 치는 나무 꼭대기에서 새들이 날아올랐다. 튕겨 오른 가지는 달을 겨눴다. 도끼날을 받아먹은 나무는 흉터가 나되 쓰러지진 않았다. 숲이 사라질 때는 까마득했다. 여자는 치마를 벗어 말았다. 치맛자락에 횃불을 댔다.

바람은 불을 싣고 숲을 살라갔다. 타들어가는 숲에서 순록과 늑대, 말코손바닥사슴, 불곰과 흑곰, 스라소니가 튀어나왔다. 덫들이 툽툽, 아가리를 다물었다. 이빨을 드러내고 발버둥을 친들 발목은 끊어지지 않았다.

땅에 뿌리를 박은 나무들이 웅성거렸다. 불꽃은 나무를 감싸 하늘로 끌어당겼다. 잎사귀들은 수런수런 몸을 뒤집었다. 줄기 속 수액이 뜨거워지고, 껍질이 툭툭 터졌다. 이글거리는 나무 사이로 아이는 끝내 나타나지 않았다. 불길은 숲 바깥쪽으로 밀려나가고, 숲과 하늘의 경계가 울렁거렸다.

나무와 나무 사이, 붉은 그림자가 서 있다.

- 『멸종 직전의 우리』 중에서

이 작품의 가제는 "조심! 동물들이 길을 건널 수도 있음" 이었다.

누구의 잘못도 아닌, 죽음에 대해 말하고 싶었다.

각자의 입을 빌려, 속사정을 들려주려 했다. 사정을 안다고 해서, 결과가 바뀌진 않는다.

하지만 털어놓음으로써 가벼워질 거라 믿었다.

구름이 비로 내리는 순간, 가뿐해지듯.

한땐, 오래도록 기억해주는 게 사자(死者)에 대한 예의라 여겼다.

기억하는 한, 영영 사라지진 않는다.

돌이켜보면 죄책감에서 비롯된 집착에 불과했다.

상처받는 자신에 대한 연민이었다.

예의 바름은 '망각'에서 시작된다. 하지만 내가 만일 죽는다면, 산 사람들에게 제발, 놓아달라고 진저리 칠 듯싶다.

'망자(亡子)'는 '망자(忘子)'로 보내주고 싶었다. 죽은 사람은 잊혀진 사람이 되어야 한다.

화해나 용서는 불가능하다. 단지, 놓아줄 따름이다.

글의 마무리와 상관없이, 상상해봤다.

안도와 선주, 권희자가 둘러앉아 갈비를 뜯는 장면. 노릇하게 구워진 고깃점을 올린 상추를 돌돌 말아 서로의 입에 넣어주는 것이다. 얼굴들을 보며, 뺨을 불룩거리는 모습을.

사소한 즐거움들이 기억되었으면 좋겠다. 파라솔 아래에서 마시는 콜라와 바위에 앉아 수평선을 바라보는 정적과 보송하게 마른 이불을 걷는 오후와 피아노 소리 같은.

이 글을 끝내고 가족과 짬만 나면 여행을 다녔다. 사진을 찍기보단 시선을 주었다. 식탁에 놓인 올리브기름이나 석양빛을 받은 돌맹이, 표지판과 햄버거 포장지도 남달라 보였다. 다시 보지 못하고, 만나지 못할 것이기에.

　죽으면 모든 것이 끝인데…….

　허망함이 발목을 잡던 시절이 있었다.

　이 글은 그 시절에 대한 작별 인사다.

　'끝'을 앞둔 모든 존재들, 순간들의 애틋함.

　그렁그렁한 미소로 보내줄 것이다.

김나정

1974년 서울에서 태어나 상명여자대학교 교육학과, 서울예술대학과 중앙대학교 대학원 문예창작과, 고려대학교 문예창작과 박사 과정을 졸업했다. 2003년 《동아일보》 신춘문예 단편소설 부문에 「비틀스의 다섯 번째 멤버」가 당선되어 등단했으며, 2006년 《문학동네》 평론 부문에 「성난 얼굴로 돌아보지 말라」가 당선되어 문학평론가로 등단했다. 2010년 《한국일보》 신춘문예에 희곡 「여기서 먼가요?」로 등단해 희곡 작가로도 활동 중이다. 저서로 소설집 「내 지하실의 애완동물」, 청소년평전 「꿈꾸는 건축가 안토니 가우디」 「만화의 신 데즈카 오사무」 「미디어 아트의 거장 백남준」, 공저 「공포」 「설렘」 「가족, 당신이 고맙습니다」 「수업」 「30Thirty」 등이 있다.